LA BELLE ESCLAVE,

Tragicomedie.

DE

Mr de L'Estoille.

A PARIS,

Se vend en l'Imprimerie des nouueaux Caractheres
de Pierre Moreau, Mᵉ Escriuain Iuré à Paris,
& Imprimeur ord.ʳᵉ du Roy, proche le Portail
du grand Conuent des R.R. P.P. Augustins,
Et en la boutique au Palais en la Salle Dauphine,
Par F. Rouuelin, à l'Enseigne de la Verité. 1643.

Auec Priuil. du Roy.

A B L 3664.

Soldats, cette Captiue en charmes si feconde,
Mesprise vos efforts et sa captiuité,
Vous enchaines en vain, vne grande beauté,
Qui malgré vos liens, ira par tout le monde.

Gombaud

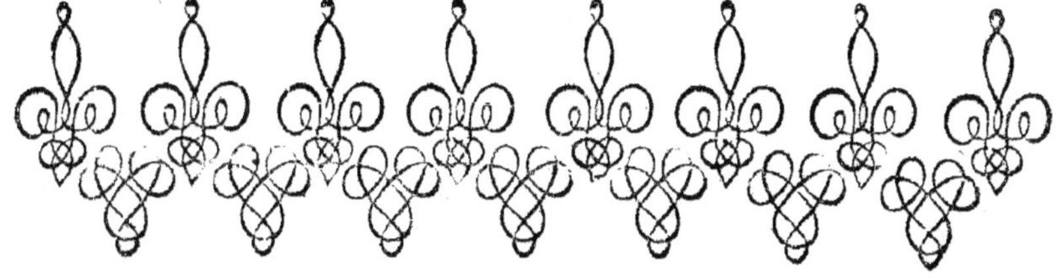

A
Monseigneur
SEGVIER,
Chancelier de France.

Monseigneur,

Si toutes les hardiesses imprudentes ont d'ordinaire vn mauuais succez, quel accueil dois-je

a

Epistre.

attendre de vostre Grandeur, en vous faisant
vn present si peu conuenable à cette haute Vertu,
dont vous honorez aujourdhuy la premiere Char-
ge du Royaume? Certes, Monseigneur, c'est vne
inciuilité bien audacieuse, que de vous jnuiter à
descendre en ma faueur du Throsne de la Justice au Theatre de la Comedie. Mais si les
Scipions n'ont pas dédaigné de s'y treuuer quelques fois, à la priere des Terences, & d'embrasser
mesmes la protection de leurs Ouurages; J'espere,
Monseigneur, que vous ne refuserez pas la vostre à celuy que ie vous presente; & que peut-estre
vous luy donnerez quelques-vnes de vos heures,
quoy qu'elles soient toutes precieuses. Vous n'y
verrez pas, comme dans les leurs, tout ce qu'v-
ne Langue a de plus pur & de plus fleury, ny
tout ce qu'vn beau Genie peut auoir de beaux
sentimens; mais vous y verrez quelques images,
tantost de ces charitables soins que vous prenez

Epistre.

De l'Innocence opprimée, & tantost de cette rare Prudence, auec laquelle vous penetrez si facilement jusques dans les cœurs, & tirez la Verité toute nüe du fonds des abysmes. Vous l'en faites sortir tous les jours auec esclat; & jamais homme dans cette éminente Place que vous occupez si dignement, ne s'est mieux entendu que vous à tenir la Balance de la Justice. Aussi faut-il aduoüer que le plus juste des Roys n'a pas eu peu de Sagesse, de la mettre entre vos mains, ny la plus sage des Reynes, peu de bonheur de l'y treuuer. Mais qui ne sçait que l'admirable secret de pezer auec justesse toute sorte d'interests, est vn don que le Ciel a fait depuis plusieurs Siecles à l'illustre Race des SEGVIERS? Il y a peu d'Histoires qui ne parlent des grands seruices que vos Ancestres ont rendus, & à l'Eglise & à l'Estat; des fameux differens qu'ils ont accordez entre des Papes & des Roys, & des

Jules 3.
&
Henry2.

Epistre.

flambeaux de sedition qu'ils ont esteins , ou
qu'ils ont empesché de s'allumer parmy les Peuples. Mais vne Lettre n'est pas capable de con-
tenir tout ce qu'ils ont fait de merueilleux, &
dedans & dehors le Royaume: Et pour en con-
sacrer la memoire à la Posterité , il seroit besoin de cette Eloquence qui vous a fait admirer
tant de fois , & mesmes en des rencontres également importantes & inopinées. Aussi vous auez,
Monseigneur , vne presence d'Esprit , qui trompe ses Auditeurs , & qui leur fait prendre les
belles choses que vous dites sur le champ, pour autant d'effets d'vne profonde meditation. Vous
disposez du cœur de quiconque vous preste l'oreille ; & changeant comme il vous plaist les volon-
tez, vous faites cognoistre au besoin que pour
maintenir les Peuples dans l'obeyssance, la force du discours n'est pas moins puissante que
celle des Armes. Je m'estendrois dauantage sur

Epistre.

vne matiere si ample; & ferois voir que vous
éclattez de tant de lumieres, soit naturelles, soit
acquises, que de quelque costé qu'on vous regarde,
on demeure comme éblouy. Mais cette agreable Ennemie de vos loüanges, & des siennes mesmes, vostre Modestie, Monseigneur, me ferme la bouche, & me permet seulement de vous
asseurer, que je suis auec autant de respect que
de passion,

De vostre Grandeur,

Le tres-humble, tres-obeyssant,
& tres-obligé Seruiteur,
De L'Estoille.

LETTRE

De Monsieur Linage de Vaucienne,

A

Monsieur de L'Estoille,

Monsieur,

Je ne sçaurois m'empescher de vous dire le plaisir que je receus, il y a quelque temps, à la representation de vostre BELLE ESCLAVE. Ses chaines ont tant d'esclat, & ses plaintes tant de charmes, qu'il ne fut jamais de captiuité plus brillante, ny de tristesse plus agreable. Elle rauit également, & les yeux & les oreilles ; Et je pense qu'on peut dire d'elle sans flatterie, ce qu'on a dit autrefois de la belle Panthée ; qu'il se trouuoit des Amans de ses larmes, & des Adorateurs de son desespoir.

b

Certes jamais Scene ne fut si pompeuse ny si naturelle que celle de vostre Comedie ; l'Art & la Nature y estallent auec profusion leurs richesses ; & n'y voyant parestre que des objets d'estonnement, ou plûtost de merueille, je me figurois d'estre au milieu de ce Temple d'Arcadie, où l'on auoit appliqué si subtilement vn miroir, que de quelque costé qu'on se tournast, on n'y voyoit que des Dieux.

Mais il n'y a plus rien aujourdhuy, qui eschappe à la censure des Critiques. Ils treuuent des taches en des corps qui ne sont que pureté & que lumiere ; & disent qu'ils demeurent insensibles aux passions de vostre Heros & de vostre Heroïne, pource que les feintes ne les touchent point, & qu'ils sçauent bien que ce Prince & cette Princesse, n'ont jamais esté en effet ailleurs que dans vostre imagination.

Mais auroient-ils deuiné non plus que moy, que leur histoire n'est qu'vn conte fait à plaisir, si vous ne les en eussiez aduertis vous-mesme ? & vous auroient-ils attaqué, si vous ne leur eussiez donné des armes pourvous combattre ? Je pense estre assez clairvoyant en cette matiere, mais je n'en fais pas le fin, vostre adresse m'a trompé ; oüy, Monsieur, la vray-semblance & la suitte inuiolable de vos

feintes auantures abuserent d'abord mon jugement.
Je les croyois toutes veritables, & m'interessois à
tous coups dans les passions de vos Personnages,
dont jamais les actions ny les paroles ne démentent
la condition. Tantost je viuois de leur esperance, tantost je mourois de leur crainte; Et ce Prince ima-
ginaire, dont vous faites vostre Heros, me sembloit si accomply, que si j'eusse esté le plus grand
Roy de la terre, j'eusse bien voulu me changer
auec luy, quand mesme il m'auroit demandé ma couronne de retour.

Cependant quelques-vns vous blasment de n'auoir
pas traitté pour le Theatre vn sujet historique;
& nous veulent faire accroire que vous auez eû
peu de peine à reüssir en cét Art diuin, qui forme
mille differentes beautez, qui n'ont ny verité ny
corps, & qui ne laissent pas toutefois d'estre prises pour de veritables merueilles de la Nature. Ils
disent qu'il est plus aisé de suiure nos inclinations
que celles d'autruy, & de nous faire des bornes de
nostre caprice, que d'en receuoir de l'Histoire; que
nous faisons naistre, quand nous voulons, des Ale-
xandres; pour remettre Abdolonyme sur le Throsne
de ses Peres; & que trauaillant ainsi sur vne matiere susceptible de toutes sortes d'impressions,

nous pouuons donner à cette terre obeïssante telle figure qu'il nous plaist. Mais ils asseurent au contraire, que l'Histoire est comme vn marbre, difficile à manier, & auquel il est besoin de donner adroitement vn nombre infiny de coups de marteau, pour le mettre en œuure ; au moins nous veulent-ils persuader qu'elle ne fait monstre que de Statuës tronquées par l'insolence des temps, à qui malaisément on peut rendre ce qui leur manque ; Que la dificulté de les restablir les rend illustres, & qu'on a plustost fait vn nouueau miracle, qu'on n'a reparé leurs defauts. Que si d'auanture elle nous en fait voir quelqu'vne, dont la rigueur des aages ait espargné les attraits, & qui soit encore en son entier ; ils nous disent qu'elle est semblable à celle que fit autrefois Pigmalion, qui certainement estoit si belle, qu'il en deuint amoureux ; mais qui n'eut jamais eu pourtant ny d'ame ny de voix, si Jupiter mesme, pour perfectionner ce bel Ouurage, ne luy eût inspiré la vie & la parole. Enfin, Monsieur, si nous les en voulons croire, il faut vn Dieu pour acheuer ce qu'vn Homme a commencé.

Ces raisons veritablement ont beaucoup d'apparence, mais peu de solidité ; ce sont vapeurs enflamées qu'ils nous veulent faire passer pour des

Astres; & si nous suiuons ces Ardans, ils nous conduiront dans le precipice.

N'est-il pas vray qu'vne belle Fable couste à l'esprit vn nombre infiny de profondes meditations? que tout ce qu'il a de force est trop foible, pour penetrer les obstacles qui s'opposent à son dessein, & qu'à moins que d'estre esclairé d'vne lumiere purement celeste, il est malaisé qu'il se fasse jour dans les tenebres dont son imagination l'enueloppe? Elle se forme mille desseins, & sans regle & sans suitte; & si la Raison ne reprime ses saillies, il est d'elle comme de la Vigne, qui n'estant pas taillée, jette du bois en confusion, & n'apporte d'ordinaire que de mauuais fruit.

Certes de toutes les choses du monde la plus difficile à mon aduis, est d'inuenter auec grace, & de faire passer aux yeux des Sages, vne feinte pour vne verité. L'or faux impose facilement à la veuë, mais malaisément à la coupelle; Et les raisins de ce fameux Peintre de l'Antiquité, auoient bien la forme & la couleur des veritables, mais ils ne trompoient gueire que les oyseaux.

Quelle gloire merite donc, Monsieur, celuy qui comme vous, trompe si adroittement ses Auditeurs, qu'il leur fait passer des mensonges agreables pour des veritez historiques? Certes aprés de si rares productions de vostre Esprit, je ne m'estonne plus si nos Peres ont dressé des Statuës aux Inuenteurs des belles choses, ny s'ils les ont tenus pour des Dieux, ou du moins pour des personnes extraordinaires; Mais je ne puis assez m'estonner de l'aueuglement de ces Esprits, qui se figurent qu'il y a moins de difficulté de mettre au jour ce qui n'est point, que d'adjouster à ce qui est déja fait: Il faut qu'ils confessent eux-mesmes, que l'Histoire est vn excellent crayon, où la posture des personnages est déja naturellement exprimée; si bien qu'il ne reste plus qu'à y donner le colory, pour en faire vn admirable tableau.

Mais nous ne tirons pas ce secours des pieces que nous inuentons: ce ne sont que formes sans formes, qu'espaces vuides, que nous deuons remplir de choses qui ne sont point en l'estre des choses; nostre esprit n'y treuue ny modelle, ny soustien: il s'appuye sur ses propres forces; & il est tout ensemble, & le Peintre & le Tableau de ses ouurages; Enfin il fait en soy-mesme ce que Dieu fit autresfois hors de soy; Il donne l'estre à des merueilles qu'il appelle du neant, & tire de soy sans nul secours ce que sa raison debite à tous les hommes.

Est-il donc possible, Monsieur, que vos Censeurs se persuadent, qu'il n'y a presque ny peine, ny gloire à faire vne chose qui nous égale en quelque sorte à la Toute-puissance? Certes, il ne fut jamais de creance plus erronée que la leur: mais il ne s'en faut pas estonner; l'Esprit a ses maladies comme le Corps, & la plus incurable de toutes est l'opinion. Toutefois s'ils desirent de sortir d'erreur, ils n'ont qu'à trauailler à l'inuention de quelque beau sujet de Theatre; ils reconnoistront bien-tost la difficulté de l'Ouurage par la foiblesse de l'Ouurier. Ils broncheront à chaque pas, n'estans plus appuyez de l'Histoire; & ces Anthées perdront l'haleine si tost qu'ils perdront la Terre. Alors ils quitteront leurs sentimens, pour prendre les miens, & confesseront que la belle Esclaue ne vous a pas cousté si peu comme ils se figurent. Les Chefs-d'œuures ne se font pas facilement; & je ne m'y connois point, ou jamais il n'en fut vn plus acheué que celuy-cy. Mais employer des couleurs si sombres que les miennes à peindre en raccourcy dans vne Lettre cette adorable Captiue, c'est imiter les Astrologues, qui mesurent la Lune par l'ombre de la terre, & la terre par vn poinct.

Acteurs.

Le Roy d'Alger.

La Reyne.

Alphonse, Prince de Sicile, Esclave.

Clarice, Princesse de Sicile, Esclave.

Haly, Capitaine du Palais.

Fernand, Gentilhomme Sicilien, Confident d'Alphonse.

Selim, domestique de Haly.

La Scene est en Alger.

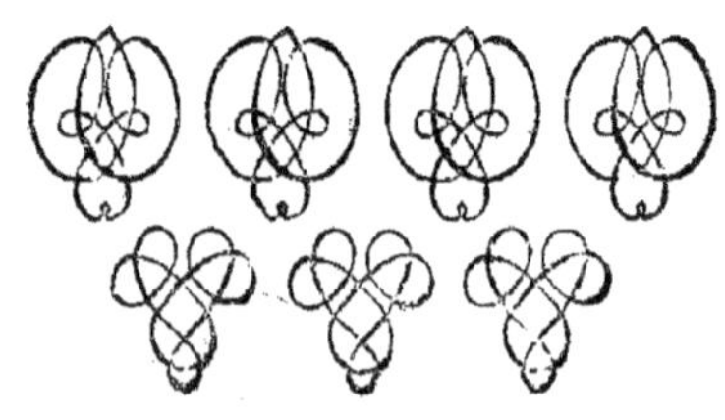

La
BELLE ESCLAVE,
Tragicomedie.

ACTE PREMIER.

❖ Scene premiere. ❖

Alphonse.   Fernand.

Alphonse.

HA! laisse moy mourir.

Fernand.

　　　　　Que moy-mesme ie meure,
Si ie souffre qu'ainsy vous aduanciez vostre heure:
Mais encore, Seigneur, qu'ay-je dit, pour vous voir

A

Tomber mort à mes pieds d'vn coup de desespoir?
Faut-il que la douleur triomphe d'vn courage,
Qu'on a veu triompher dans ces champs de carnage;
où croissent pesle-mesle &Cyprés, &Lauriers,
Qui degouttent du sang des plus fameux Guerriers?
Vous auez grand sujet de crainte & de tristesse,
Mais se desesperer est marque de foiblesse;
Agissez d'vn esprit & plus fort & plus doux,
Donnez loisir au Ciel de trauailler pour vous;
Ses rayons eternels dissiperont la nuë,
Par qui la Verité se cache à vostre veuë.

Alphonse.

Ne viens-tu pas icy pour me la descouurir?
Ne ferme plus ton cœur à qui tu dois t'ouurir;
N'est-il pas vray, Fernand, que quelque main barbare
A massacré Clarice au milieu de Megare?
Et qu'enfin elle est morte en ce fameux sejour,
Où ses premiers regards ont salüé le jour?
Helas! lors qu'on donnoit cette Ville au pillage,
Qu'à l'enuy les Soldats la couuroient de carnage,
Qu'ils changeoient chasque rüe en vn fleuue de sang,
Et qu'ils ne respectoient âge, sexe, ny rang;
L'auroient-ils espargnée, & seroit il possible
Que je pûsse parer à ce coup si sensible?
En la faisant mourir, ces Cruels ont tranché

Le nœu qui me tenoit jcy bas attaché ;
Elle est enseuelie en la perte commune,
Mais malgré tes conseils ie suiuray sa fortune.

Fernand.

Sa fortune, Seigneur, est encore à sçauoir.

Alphonse.

Ha ! je n'espere pas de jamais la reuoir.

Fernand.

Il est vray qu'à Megare en vain je t'ay cherchée.

Alphonse.

Courons donc au tombeau, c'est là qu'elle est cachée.

Fernand.

Ne precipitez point le cours de vostre sort,
Attendez ;

Alphonse.

            Je n'attens que le coup de la mort.
Tant qu'vn reste d'espoir a consolé mon ame,
Je me suis conserué, pour conseruer la flame
Dont i'ay caché l'esclat assez adroitement,
Pour estre creu son Frere, & non pas son Amant.

Mais si toute esperance aujourdhuy m'est rauie,
En perdant ma Maistresse il faut perdre la vie;
Et que sans differer les cendres du tombeau
De tous les feux d'Amour estouffent le plus beau.

Fernand.

Pourquoy deuant le temps s'affliger de la sorte?
Mourrés-vous, sans sçauoir si vrayment elle est morte?
Sur des doutes enfin qui possible sont faux,
Deuons-nous ressentir de veritables maux?
Il peut estre arriué qu'vne sanglante espée
D'vne si belle vie ait la trame couppée;
Mais en produirez-vous vn tesmoin asseuré?
Le bien qu'on croit perdu n'est souuent qu'esgaré;
Qui sçait si de la mort ce beau corps est la proye?
On ne le treuue point, quelque soin qu'on employe.
S'est-il auec son ame enuolé dans les Cieux?
Ou s'il est sur la terre jnuisible à nos yeux?
Elle est peut-estre au port à l'abry de l'orage,
Tandis qu'imprudemment vous courez au naufrage;
Elle est encor viuante, & vous voulez mourir;
Mais si vous perissez, on la verra perir.
He! quoy pourroit-on bien l'empescher de vous suiure?
Elle vous ayme trop, pour iamais vous suruiure.

Alphonse.

Puis-je de quelque espoir mes craintes adoucir?

Fernand.

Son destin est douteux, il s'en faut esclaircir.

Alphonse.

Depuis tantost deux mois que Megare est soûmise,
Que malgré mes efforts des Barbares l'ont prise,
Et qu'enfin sans Clarice ils m'ont conduit icy,
Le corps couuert de coups, l'esprit plein de soucy;
Je tente tous moyens pour en auoir nouuelles;
Mais puis-je en receuoir qui ne me soient mortelles?

Fernand.

Le Ciel l'aura peut-estre assistée au besoin;
Elle estoit son Chef-d'œuure, il en aura pris soin.

Alphonse.

Le Ciel, qui m'est contraire, & se rit de mes larmes,
L'auroit-il bien soustraitte à la fureur des armes?
Auant ton arriuée en ce bord estranger,
En ces barbares lieux, en ces costes d'Alger,
La rigueur de son sort ne m'étoit pas connuë,
Et pour m'en esclaircir j'attendois ta venuë :

A iii

Mais dés que ie t'ay veu, ton geste & ta couleur
Ne m'ont que trop appris ce funeste mal-heur;
Et je ne doute plus qu'vne affreuse aduanture
Du lieu de son berceau n'ait fait sa sepulture.

Fernand.

Seigneur, si i'en sçay rien, que le Ciel en courrous
Me face vn ennemy d'vn Prince comme vous;
J'arriue de Megare, où loin d'auoir la veuë
D'vne ieune Beauté de tant d'attraits pourueuë,
On ne voit plus qu'Objets dont les yeux sont blessés,
Qu'hommes & bastimens pesle-mesle entassés;
ce n'est plus qu'vn Chaos de matieres sans formes,
Où l'on a peint de sang mille crimes enormes;
Où mesme en la cherchant jusques parmy les morts,
Mes mains ont remüé des montagnes de corps.
J'ay par vostre ordre enfin auec assez d'adresse
Visité ce sejour d'horreur & de tristesse;
Mais i'ay perdu mon temps, & j'en viens d'arriuer,
Pour vous dire qu'en vain on tasche à l'y treuuer;
Elle est viuante ou morte ailleurs qu'en cette Ville,
Qui par son grand débris estonne la Sicile;
Et qui n'a plus enfin face que d'vn cercueil,
Où de tous ses Palais est enterré l'orgueil.

Alphonse.

Qu'est-ce donc qu'en a fait le destin de la Guerre?
Est-elle dans la mer? est-elle sur la terre?
Il venoit vn Nauire où peut-estre flottoit
Le seul bien,cher Fernand,qu'au monde il me restoit:
Il estoit tout chargé des Beautez les plus rares,
Qui tomberent iamais aux mains de ces Barbares.
Mais vn grand coup de vent contre vn roc l'a poussé,
Et le roc l'a soudain en pieces fracassé:
Du Glaiue ou de la Vague elle a senty l'injure,
Et la terre ou la mer luy sert de sepulture.

Fernand.

Vn danger est bien grand,si la vertu n'en sort,
Et par fois d'vn escueil le Ciel luy fait vn port.
Cachez doncques tousjours auec beaucoup d'adresse,
Soubs le doux nom de Sœur cette belle Maistresse;
Autrement ce secret se descouurant à tous,
Le Roy,mais il arriue.

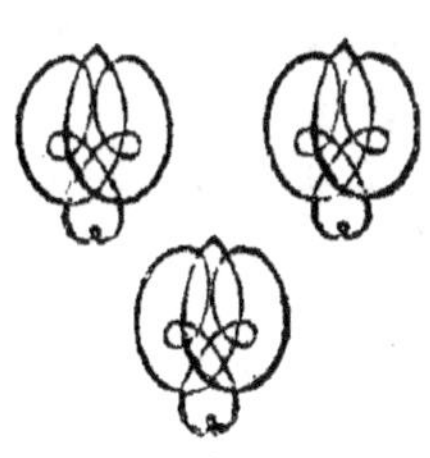

Scene deuxiesme.

Le Roy.   Alphonse.   Fernand.

Le Roy.

Alphonse, approchez-vous,
Mais de quel nouueau mal le trop sensible outrage
Vous a depuis tantost si changé de visage?

Alphonse.

Pardonnez, grand Monarque, à ma juste douleur,
Je viens d'estre aduerty de mon dernier mal-heur;
Il ne me restoit plus dans ma Ville natale
Qu'vne Sœur, que i'aymois d'vne ardeur sans esgale;
on ne l'y treuue plus, & c'est mon sentiment,
Que le sein de la mer luy sert de monument.

Le Roy.

Il est vray qu'vn Vaisseau d'Esclaues nompareilles,
Que mettoit la Sicile au rang de ses merueilles,
A fait joug à l'orage, & qu'enfin les Rochers
N'ont sceu le garantir des bancs & des rochers :
                                                Quelques

Quelques-vnes pourtant du peril sont sauuées;
Et sont mesme desja dans Alger arriuées.
Courez donc au Palais, & cherchez à loisir
Ce qui peut mettre fin à vostre desplaisir:
De toutes ces Beautez qui malgré leurs tristesses,
De la terre & du Ciel font briller les richesses,
Et des plus Affligez charmeroient le soucy,
Ie ne veux reseruer que celle que voicy.

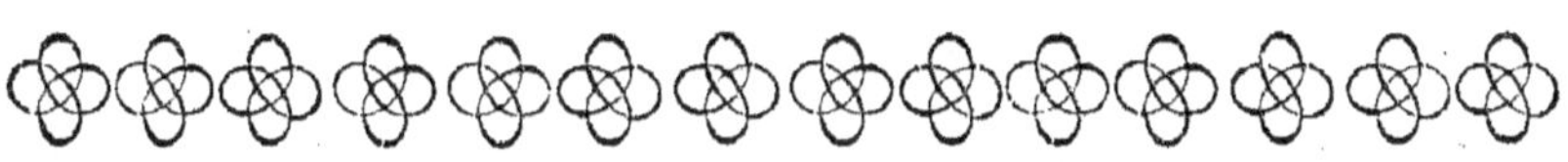

✤ Scene troisiéme. ✤

Le Roy.   Alphonse.   Clarice.
Haly.   Fernand.

Alphonse.

Hé! celle que voicy c'est ma Sœur elle-mesme.

Clarice.

Que voy-je? est-ce mon Frere? ha! ma joye est extréme;
Mais n'est-il pas perdu? t'aurois-je retreuué?

B

Alphonse.

Hé! qui vous a sauuée?

Clarice.

Hé! qui vous a sauué?

Alphonse.

De mille biens, grand Roy, ie vous suis redeuable,
Mais deussay-je passer pour homme insatiable,
Et qui semble vouloir lasser vostre bonté,
Je demande ma Sœur à vostre Majesté.

Le Roy.

Il n'est rien que de moy, vous ne deuiez attendre;
Mais quant à vostre Sœur, pourrois-je vous la rendre?
Des lettres de ma main m'ont engagé d'honneur
A la faire conduire en pompe au grand Seigneur;
Il ne m'écrit jamais, qu'il ne me sollicite
D'enuoyer au Serrail quelque Beauté d'élite;
La pitié de vos pleurs ne m'en peut dispenser,
Et frustrer son espoir ce seroit l'offenser.

Clarice.

Dieu! que viens-je d'entendre? ha! funeste nouuelle;
Ha! mon Frere.

Alphonse

Ha! ma Sœur.

Clarice.

                        Ha! surprise mortelle;
Nouueau coup de Fortune,& par qui ma vertu
Voit malgré ses efforts mon courage abbatu.
A peine ma douleur, qui toute autre surpasse,
Me laisse assez de voix, pour vous demander grace.

Le Roy.

I'ay donné ma parole,& ce que i'ay promis
On me le voit tenir, mesme à mes ennemis.
Mais quoy donc? le Serrail n'a-t'il pas des merueilles,
A rauir en tout temps tes yeux & tes oreilles?
Des bois & des iardins, que le froid des Hyuers
Ne despoüille iamais de leurs ombrages vers?
Le chant de mille oyseaux, le bruit de cent fontaines,
Y seront aussi-tost le charme de vos peines;
Et ce Roy qui peut tout ne vous y pourra voir,
Sans vous jetter soudain ce glorieux mouchoir,
Qui monstre que l'Amour allume dans son ame
Les pressantes ardeurs d'vne nouuelle flame.

                        B ii

Clarice.

Combien d'autres Beautez prises dans vos liens,
Brillent-elles d'attraits plus charmans que les miens,
Pour donner à son cœur vne atteinte amoureuse?
Ha! ie suis la moins belle, & la plus mal-heureuse.

Le Roy.

Appellez-vous mal-heur l'honneur d'aller rauir
Vn Roy que tant de Roys font gloire de seruir,
En combattant pour luy du Couchant à l'Aurore?

Clarice.

Appellez-vous honneur ce qui nous deshonore?
Et nous fait deuenir par vn crime odieux
Le mespris de la terre, & la haine des Cieux?
Ha! Sire, cét honneur, est pire que la honte,
Puis qu'il fait que de nous on ne tient plus de conte:
Et s'il faut ou mourir, ou m'en voir couronner,
Puissent mille Bourreaux mes destins terminer:
En moy la Chasteté seroit donc violée?
A d'infames plaisirs ie serois immolée?
Il faudroit contenter vn amour vitieux?
Il faudroit renier la Foy de mes Ayeux?
Il faudroit perdre enfin & mon corps & mon ame,
Au milieu des ardeurs d'vne impudique flame?

Si la crainte ou l'espoir m'y faisoit consentir,
La terre s'ouuriroit afin de m'engloutir.

Le Roy.

Certes je ne sçay pas quelle nuict assez noire
Vous cache le chemin qui vous meine à la gloire;
Vous serez adorée, & ce Prince indompté
Ne recevra des loix que de vostre beauté.

Clarice.

Dieu, que cette beauté me sera cher venduë!
Et que l'aurois gaigné, si je l'auois perduë!
Il faut que par vn traict de generosité
J'immole mes attraits à ma pudicité,
Et qu'à l'effort des ans j'oste enfin l'aduantage
D'effacer les couleurs qui peignent mon visage.
Si ie ne viens à bout de me défigurer
A force de gemir, à force de pleurer,
Ma main, ma propre main secondant ma tristesse,
Arrachera ces fleurs qui parent ma ieunesse;
Tost ou tard aussi bien cét éclat passera;
Le Temps me l'a donné, le Temps me l'ostera.

Alphonse.

Monarque genereux, la Pitié vous conuie
A sauuer de sa main ses beautez & sa vie.

Laissez-vous emporter au torrent de ses pleurs,
Ou noyez dans mon sang ma vie & mes douleurs.
Aussi bien desormais quel rang tiendray-je au mõde?
Moy qui traisne vne vie en mal-heurs si feconde;
Qui ne possede pas mesme la liberté,
A qui de tout bon-heur tout espoir est osté.
Ie ne suis plus qu'vn poids inutile à la terre,
Qu'vn joüet de Fortune, vn rebut de la Guerre,
Qu'vn mal-heureux Esclaue, à qui rien aujourdhuy
Ne reste qu'vne Sœur qu'on separe de luy.

Le Roy.

Ie sçay qu'ayant cent fois triomphé des plus Braues,
Vous auez esté mis au nombre des Esclaues;
Mais à quoy se connoist vostre captiuité?
Vous estes, peu s'en faut, en pleine liberté;
Et ie vous ay laissé par honneur vostre espée,
Quoy que du sang des miens elle ait esté trempée.
Quel Vainqueur cependant vous eut esté si doux,
Apres auoir receu tant d'outrages de vous?
Ayant osé vingt fois venir dans mes tranchées;
D'armes & de corps morts vous les auez jonchées:
Et tout autre que moy vous auroit fait sentir,
Que d'vn bel acte mesme on se peut repentir.
Ne vous pleignez donc plus de vostre seruitude,
Alphonse, elle n'a rien de honteux ny de rude;

Tragicomedie. 15

Et vous voir tant chery d'vn Roy tel que ie suis,
Deuroit bien adoucir l'aigreur de vos ennuis.

Alphonse.

Il est vray que iamais Vainqueur n'aura la gloire
D'auoir sceu mieux que vous vser de la Victoire :
Mais pour moy, grand Monarque, ayez moins de douceur,
Et ne refusez pas quelque grace à ma Sœur ;
Le plus Clement des Roys est-il sourd à sa plainte ?

Le Roy.

qui n'en ressentiroit quelque sorte d'atteinte ?
J'ay pitié de ses pleurs.

Clarice.

Helas ! quelle raison
Vous fait donc à mon mal refuser guerison ?
Auriez-vous bien pour moy de ces pitiez cruelles,
Qui pleignent nos douleurs, & ne font rien pour elles ?
Leur donnent des souspirs, mais non pas du secours,
Et peuuent toutesfois en arrester le cours.
Ne trompez point, grand Roy, l'attente que me donne
Vostre bonté qui luit plus que vostre Couronne ;
Qui tire à soy les cœurs par de nouueaux appas,
Et fait plus de Captifs que n'en fait vostre bras.
Il n'est point d'affligez qu'enfin elle n'assiste,

Et nul d'auprés de vous ne s'en retourne triste;
Puiseray-ie du mal d'vne source de bien?
Et pour moy la Pitié n'obtiendra-t'elle rien?
La generosité de vostre Ame est trop grande,
Pour ne m'accorder pas le bien que ie demande;
Et si pour mon mal-heur ie m'en voy refuser,
C'est le Ciel, non pas vous, que i'en dois accuser;
C'est le Ciel qui se plaist à me voir miserable,
Et qui seul à mes vœux vous rend inexorable.
Mais n'est-ce pas assez que le Glaiue en fureur
Ait fait de nostre Ville vn spectacle d'horreur?
Renuersé les Palais? desolé les Familles?
Tüé iusqu'aux enfans? enleué tant de filles?
Et qu'en vn mesme iour la Guerre m'ait osté
Pere, parens, amis, richesse, liberté?
Helas! ne rendez point mon destin plus funeste,
Conseruez mon honneur, c'est tout ce qui me reste.

De Roy.

J'en augmente l'esclat, ie dissipe vos nuits,
Et l'espoir de regner doit calmer vos ennuis:
Vous auez tant d'appas, ieune & belle Princesse,
Que du Maistre des Roys vous deuiendrés maistresse;
Il sera vostre Esclaue, & peut-estre qu'vn iour
L'Hymen acheuera l'ouurage de l'Amour.
Que ne deuez-vous point attendre de ces charmes,

Dont

Dont l'esclat brille mesme au trauers de vos larmes?
Vn Royaume est petit, pour enfermer l'espoir
De qui se fait aymer si tost qu'il se fait voir.

Clarice.

L'espace d'vn cercueil enclost mon esperance;
A la porter plus haut ie voy peu d'apparance,
Et ie sçay trop combien de la Captiuité
On conte de degrez iusqu'à la Royauté.
Mais se peut-il iamais qu'vn tel Prodige auienne,
que le Prince des Turcs espouse vne Chrestienne?
Et dans Constantinople, au mépris de ses Loix,
Face ensemble briller le Croissant & la Croix?

Le Roy.

Vous changerez de foy, pour auoir son Empire.

Clarice.

On me verra plustost marcher droit au Martyre,
Et plustost me coucher, sans crainte des douleurs,
Sur des charbons ardens, ainsi que sur des fleurs.

Le Roy.

Il est dans le Serrail mille Esprits de lumiere,
Qui sçauront dissiper vostre erreur si grossiere;
Mais la Reine vous mande, & veut voir vos appas:

C

Belle Esclaue, allez donc la treuuer de ce pas,
Et puis vous partirez, si les vents sont propices,
Pour aller au sejour de toutes les delices.

Clarice.

Et puis ie partiray pour aller à la mort :
Mais auant que i'en vienne à ce dernier effort,
I'arracheray la vie à qui prendra licence
De faire à mon honneur la moindre violence.
Ouy, quand pour me contraindre à quelque lascheté,
Ie verrois deuant moy le supplice appresté,
Ie ne respecteray Sceptre ny Diadesme ;
Iay vescu chastement, & ie mourray de mesme.   Elle
                                                  sort.

Alphonse.

Hé ! Sire, à ce discours ne connoissez-vous point
Quel excez de courage à sa vertu se joint ?
Ha ! si le grand Seigneur se porte à la contraindre,
Il verra qu'vne fille est quelquefois à craindre ;
Et pourra iustement vn iour vous reprocher,
Que vos presens sont beaux, mais qu'ils coustent trop cher.

Le Roy.

Ne m'en parlez iamais, vous pourriez me desplaire,
Deuenir importun, & mesme temeraire,
Ie vous le dis encor pour la derniere fois,

I'en veux faire vn present au plus puissant des Roys.

Le Roy
sort.

Alphonse.

Que seray-je Fernand?

Fernand.

La seconde priere
Recouure quelquefois l'honneur de la premiere ;
Ne vous desgoustez pas pour vn premier rebut,
Et tirez tant de traits, que quelqu'vn frappe au but.
Les Roys comme il leur plaist reglant nostre fortune,
Sont semblables à Dieu, qui veut qu'on l'importune.

Alphonse.

Accablé de douleur, desesperé, confus,
I'auray la honte encor de souffrir vn refus :
Mais l'estat où ie suis à tout me fait resoudre ;
Allons donc receuoir ce second coup de foudre.

Fin du premier Acte.

Acte Second.

Scene premiere.

Clarice.   Haly.

Haly.

Qve faites-vous, Madame, helas! à quel dessein
De tant de rudes coups plomber vn si beau sein?
Vous outrager ainsi par vn effort extréme,
C'est du tort qu'on vous fait vous vàger sur vous méme.
Mais si vous ne cessez d'offenser vos appas,
Les fers, fussiez-vous Reyne, arresteront vos bras.
Ie doy respondre au Roy d'vn si charmant visage;
Madame, plaignés-vous, mais sans vous faire outrage.

Clarice.

A qui faut-il me plaindre, & demander secours?
Les bontez de la Reine estoient mon seul recours;

Mais-vous mesme auez veu côme en oyant ma plainte,
Il sembloit que parfois elle fremist de crainte;
Ma fortune t'effroye; & de peur de me voir,
Au deuant de ses yeux elle a mis vn mouchoir.

Haly.

Peut-estre a-t'elle mis ce mouchoir sur sa veuë,
Pour pleurer en secret la douleur qui vous tuë.

Clarice.

Jugez donc de l'espoir qui reste à mes mal-heurs,
Si la Reine ne peut me donner que des pleurs.

Haly.

D'vn excez de pitié ses pleurs prennent naissance.

Clarice.

Non, non, i'ay vainement reclamé sa puissance;
S'estendroit-elle bien iusqu'à me secourir?
On pleure rarement le mal qu'on peut guerir:
Le mien est sans remede, & l'on se fait accroire
Qu'à me couurir de honte on aura de la gloire.
C'en est fait, on s'en va me liurer malgré moy
A ce puissant Barbare, à ce superbe Roy,
Qui se fait appeller le Dompteur des Prouinces,
Le Seigneur des Seigneurs, & le Prince des Princes.

Mais perdant contre moy le tiltre de vainqueur,
Quand il auroit le monde, il n'auroit pas mon cœur.

Haly.

Ce discours mostre vn cœur plus grand que son Empire;
Mais Alphonse parest.

✣ Scene deuxiéme. ✣

Alphonse. Clarice. Haly. Fernand.

Clarice.

Mais Alphonse souspire;
qui vous a si long-temps loin de moy retenu?
Que vous a dit le Roy? qu'auez vous obtenu?

Alphonse.

Ha! cruelle demande.

Clarice.

Ha! response trop claire.

Alphonse.

Il faut mourir, ma Sœur.

Clarice.

Hé bien, mourons, mon Frere.

Alphonse.

Vn roc est plus esmeu par les vents & les flots,
Que le Roy par les cris, les pleurs, & les sanglots.

Clarice.

Puis-je à tant de rigueur faire encor resistance?
La Fortune veut voir iusqu'où va ma constance;
Son desir curieux sera bien-tost contant.

Alphonse.

Que la Fortune monstre vn visage inconstant!
Il n'est rien si fragile, & i'en fais bien l'espreuue;
Puis qu'ainsi ie vous pers dés que ie vous retreuue;
Que l'espoir en mon cœur meurt si tost qu'il est né,
Et qu'on m'oste vn tresor dés qu'on me l'a donné.

Clarice.

Il faut donc que ie parte?

Alphonse.

Ouy sans nulle remise;
Le vouloir destourner d'vne telle entreprise,
C'est vouloir en son cours arrester vn torrent,
Esteindre en sa fureur vn brasier deuorant,
Et surmonter enfin d'inuincibles obstacles.

Clarice.

Pour moy ie ne sçay point faire tant de miracles,
Mais ie sçay bien mourir.

Alphonse.

Quel seroit vostre sort,
Si de vostre vertu le prix estoit la mort?

Clarice.

La Reine m'a promis de m'estre fauorable,
Mais ie crains qu'elle prie vn Prince inexorable.

Fernand.

Le Destin quelquefois se plaist à deceuoir
La crainte des mortels, aussi bien que l'espoir;
Ie l'apperçoy venir, & lis en son visage
De quelque bon succez vn asseuré presage.

Scene

✦ Scene troisiéme. ✦

La Reyne. Alphonse. Clarice.
Haly. Fernand.

Alphonse.

Hé bien! Madame, enfin faut-il viure ou mourir?

La Reyne.

Auez-vous quelque mal qu'on ne puisse guerir?
Le plus cruel de tous a déja son remede.

Alphonse.

Aprés tant de mal-heur que tant d'heur me succede,
Toute autre qu'vne Reine auroit beau m'en iurer,
Auant que sur sa foy je m'en pûsse asseurer.
La raison me deffend de croire ce miracle,
Mais de la verité vostre bouche est l'Oracle,
Et ne demande rien qu'auecque tant d'appas,
Qu'on ne peut t'escouter, & ne t'exaucer pas.

D

La Reyne.

Ie ne vous flate point d'vne fausse nouuelle,
Vostre fortune change, & deuient moins cruelle,
Ce superbe Palais d'où vous n'oziez partir,
N'est plus vostre prison, vous en pouuez sortir,
Et croire qu'à ce poinct le Roy vous fauorise,
Qu'il rompt tous vos liens, & vous rend la franchise:
Mais en vain vostre sœur tasche de le fléchir,
Il ne m'a point donné d'espoir de l'affranchir;
Et deuant que la nuit ait sa course bornée,
Ie crains qu'elle ne parte.

Clarice.

                    O dure destinée!

Alphonse.

Helas! me sauueray-ie alors que ie la pers?
Et pourray-ie estre libre, & la voir dans les fers?
Les siens plus que les miens me causent de martyre;
I'ay deux maux à guerir, on me laisse le pire.

Clarice.

Le Roy n'est-il cruel que pour moy seulement?

La Reyne.

J'ay contre sa rigueur combatu vainement.

Clarice.

Vous auiez quelque chose à surmonter encore
De plus que sa rigueur.

La Reyne.

Qu'est-ce donc? je l'ignore.

Clarice.

C'est mon malheur, Madame, il est grand, il est tel,
Que le vaincre n'est pas l'ouurage d'vn mortel.
Vous auez combatu ce Monstre épouuentable,
Et vous l'auriez dompté, s'il n'estoit indomptable :
Mais pourquoy par vos soins ne sçaurois-je éuiter
Le gouffre d'infamie, où l'on va me jetter?
Souffrez que loin d'icy sans bruit je sois conduite,
Et que je doiue enfin mon honneur à ma fuite.
Ha! sauuez-moy, Madame, & me faites cacher
Dans le sein tenebreux de quelque affreux rocher.

La Reyne.

Est-il contre les Roys dès cauernes si sombres,
Qu'vn seul de leurs regards n'en penetre les ombres?

Ils ont pour voir par tout vn nombre infiny d'yeux,
Et des bras assez longs, pour atteindre en tous lieux.
Par quel charme nouueau seroit-il donc possible
De tromper tant d'Argus, sans se rendre inuisible?
Ie ne puis à leurs soins vous cacher vn moment,
Ny retarder l'effet de vostre partement.

Haly.

Il n'est plus desormais d'obstacle qui t'empesche,
A l'heure que je parle on écrit la despesche,
Et des plus belles fleurs on s'en va couronner
La superbe Galere où l'on doit la mener.

Clarice.

Ha! qu'elle soit plustost de Cyprés couronnée,
Cette infame Galere à ma mort destinée;
Puisse t'elle, en fendant les humides sillons,
Espreuuer la fureur de mille tourbillons;
Que les vents & les flots à sa perte s'irritent,
L'esleuent dans le Ciel, du Ciel la precipitent;
Et tombant sur vn roc qui la brise en morceaux,
Puisse-t'elle auec moy s'abysmer dans les eaux.

La Reyne.

Le Ciel n'exauce point vne injuste requeste.

Clarice.

Le Ciel m'a conseruée au fort de la tempeste;
Mais ne deuois je pas m'élancer dans les flots.
Plustost que d'implorer l'aide des Matelots?
Ha! si je n'eusse esté Princesse sans courage,
J'eusse alors pris mon temps, couru droit au naufrage,
Et monstré qu'vn grand cœur ayant bien combatu,
Fait gloire d'immoler sa vie à sa vertu.

Alphonse.

O Ciel! si tu n'es sourd à de justes demandes,
Rends nos maux plus petits, ou nos forces plus grâdes.

Haly.

Tandis que vous pleurez, le temps passe, il est tard,
Et je dois trauailler aux apprests du depart.

Alphonse.

Hé! du moins permettez qu'en ce malheur extresme,
Je prenne congé d'elle, ou plustost de moy-mesme.

La Reyne.

Nous vous en laisserons le funeste loisir,
Et donnerons des pleurs à vostre déplaisir.
Haly, retirez-vous, sans les perdre de veüe.

❖ Scene quatriesme. ❖

Alphonse. Clarice. Fernand.

Alphonse.

Ha! malheureux depart.

Clarice.

     S'il vous blesse, il me tuë,
Au prix de mon destin le vostre est-il pas doux?
Vous ne perdez que moy.

Alphonse.

     Qu'ay-je à perdre que vous?

Clarice.

Je vous perds, & de plus, ô perte sans seconde!
Je perds ce qui vaut mieux que moy, que tout le monde,
Enfin je perds l'honneur.

Alphonse.

     Moy l'esprit & les sens;

Mais qui resisteroit aux douleurs que je sens?
Quoy, perdre de la sorte vne sœur adorable?

Clarice.

Ha! nommez-la plustost infame & miserable,
Et dans l'estat qu'elle est, au lieu de la loüer,
Commencez déja mesme à la desauoüer.

Alphonse.

Moy, je desauoüirois vn Objet que j'adore?

Clarice.

Ha! ne descouurez point vn secret qu'on ignore,
Dieu! que diroit le Roy, s'il sçauoit qui je suis?
Redoubleroit-il pas ma honte & mes ennuis?
Et vous est-il si doux, qu'il vous seroit seuere?
Cachons-luy ma naissance, éuitons sa colere,
Parlons bas.

Alphonse.

A quoy plus déguiser nostre cœur,
Sous ces noms empruntez & de frere & de sœur?
Agissons franchement, il n'est plus temps de feindre,
ꝛ ous n'esperons plus rien, qu'auōs-nous plus à craindre?

Clarice.

Rien, si ce n'est de viure, & de ne pouuoir pas
Rachepter mon honneur au prix de mon trespas,
Mon frere; mais helas! si vous m'estiez si proche,
Qui de ma honte vn jour ne vous feroit reproche?
C'est à vos déplaisirs quelque soulagement,
Que je ne vous sois sœur que de nom seulement.

Alphonse.

La sussiez-vous d'effet, Merueille de nostre âge,
Vous ne m'estes pas tant, & m'estes dauantage:
Le sang touche beaucoup, mais je fais assez voir,
Qu'Amour plus que Nature a sur nous de pouuoir;
Les ennuis d'vn Amant passent bien ceux d'vn frere,
La perte d'vne sœur à porter est legere,
Celle d'vne Maistresse accable de soucy,
Et comme on vit pour elle, on meurt pour elle aussi.

Clarice.

Non, non, ne mourez point, rien ne vous y conuie:
Mais en vous exhortant de garder vostre vie,
Je sens bien que la mienne est preste à s'enuoler,
Et je console enfin qui me doit consoler.
Est-il quelque malheur que le mien ne surmonte,
Puis qu'il faut que je meure, ou viue auecque honte?

Alphonse.

Alphonse.

Ha! plus tost: mais Haly vient-il pas m'emporter
L'espoir de tous les biens que je puis souhaiter?
Hé de grace, Seigneur, accordez-nous encore
Vn moment à pleurer le mal qui nous deuore;
N'éloignez pas si tost le frere de la sœur;
Il rentre, & ce Barbare a beaucoup de douceur :
Mais quelle cruauté pourroit estre endurcie,
Jusqu'à voir nos malheurs, sans en estre adoucie?
Helas! que dois-je faire en si grand desespoir?

Haly
parest.

Haly
se reti-
re.

Clarice.

Il faut viure, m'aimer, & cesser de me voir :
Mais j'espere aux ennuis dont je suis affligée,
C'est par eux que déja je suis toute changée,
Je ne me connois plus, & mes gemissemens
Vont troubler du Serrail tous les contentemens;
Enfin le grand Seigneur regardant mon visage,
Croira qu'on n'én a fait qu'vne infidele image;
Me verra sans desir, & mesme auec dédain,
Et touché de mes pleurs m'éloignera soudain.

Alphonse.

Dieu! que malgré vos pleurs il vous treuuera belle,
Il bruslera d'abord d'vne ardeur criminelle,

E

Et s'il veut vous contraindre à le fauoriser,
A ce torrent de feu quelle digue opposer?

Clarice.

La Mort.

Alphonse.

Ha, d'vn grand cœur grande & chaste pensée!

Clarice.

Celle qui sçait mourir ne peut estre forcée.

Alphonse.

Ha! vous ne mourrez point, non, je vous tireray
D'vn si grand precipice, ou bien j'y periray:
Ouy, l'espée à la main j'iray sans nulle crainte,
Percer vos Conducteurs d'vne mortelle atteinte.

Clarice.

Les pourrez-vous choquer sans en estre abbatu?
Le nombre aura bien tost accablé la vertu.

Alphonse.

Combatant deuant vous, vostre seule presence
Me sera-t'elle pas vn renfort de puissance?
Pour combien de Guerriers contez-vous ces regards.

Dont vous m'animerez au milieu des hazards?
Ha! je vous sauueray d'vn si honteux naufrage.

Clarice.

Hé comment? sans la force à quoy sert le courage?
Mais Haly s'en reuient.

✤ Scene cinquiesme. ✤

Alphonse. Clarice. Haly. Fernand.

Alphonse.

Quoy, déja nous quitter?

Haly.

Diferer son malheur, ce n'est pas l'éuiter:
Il faut partir Madame, & vostre plainte est vaine.

Clarice.

Adieu mon frere, adieu, pour jamais on m'emmeine;
On m'arrache de vous sans aucune pitié.

Alphonse.
On retranche de moy la plus belle moitié.

Clarice.
Il faut que je vous laisse.

Alphonse.
     Il faut donc que je meure.

Clarice.
Voicy mon dernier jour.

Alphonse.
     Voicy ma derniere heure.

Clarice.
Au moins pensez à moy.

Alphonse.
     Peut-on vous oublier?
Peut-on rompre les nœux qui nous ont sceu lier?
C'est vouloir separer le feu d'auec la flame,
L'ombre d'auec le corps, & l'esprit d'auec l'ame;
Que vouloir separer ma sœur d'auecque moy.

Clarice.

Prodige d'amitié, seul comparable à soy!
Encore vn coup adieu, je ne puis plus rien dire:
Mais pourrois-je parler, à l'heure que j'expire?

Scene Sixiéme.

Alphonse. Fernand.

Alphonse.

Qu'vn Barbare, vn Tyran tienne esclaue vn objet
Dont tout le Monde entier deuroit estre sujet!
Que la Vertu soit mise entre les bras du Vice;
Ha Dieu! quelle aduanture; ha Dieu! quelle injustice.
De quelle foy l'Esprit se peut-il remparer,
Pour voir vn tel desordre, & n'en point murmurer?
Je pardonne à qui croit qu'en toute la Nature,
Il ne se treuue rien qui n'aille à l'aduanture.
Que l'eternel Autheur de la Terre & des Cieux,
Ne les daigne éclairer d'vn regard de ses yeux,
Et que le Monde enfin n'est qu'vn Vaisseau qui flote,

Et parmy les écueils voit dormir son Pilote.
Mais, ò mon cher Fernand! vien tost me seconder:
Pour sauuer ce qu'on aime on doit tout hazarder.
Ie voy bien le peril, mais je brûle d'enuie,
Ou de t'en retirer, ou d'y laisser la vie;
I'ay fait quelques Amis, courons les amasser,
Sçachons par quel endroit on la fera passer,
Et pressons de si prés tous ceux qui la conduisent,
Qu'à nous l'abandonner nos armes les reduisent.

Fernand.

Mais quand bien aujourdhuy vos efforts plus qu'humains
Auront sceu la tirer de leurs barbares mains,
Où la cacherez-vous, qu'elle ne soit treuuée?
Vous la perdrez soudain que vous l'aurez sauuée;
Vous vous perdrez vous-mesme, & perdrez vos amis,
Tel acte impunement ne s'est jamais commis.

Alphonse.

Tu me refuses donc? ha! c'est vn témoignage
De peu d'affection, ou de peu de courage.

Fernand.

Allez où vous voudrez, & deussay-je y perir,
Les armes à la main on m'y verra courir.
Mais quel autre que moy vous ozant faire escorte.

A l'oster du peril vous prestera main forte?
Où sont ceux qui pour vous feront vn si beau coup?
Vous imaginez-vous d'en rencontrer beaucoup?
Ne vous repaissez point d'vn espoir chimerique,
La Franchise n'est pas vne vertu d'Afrique,
Les Mores pour tromper font ioüer cent ressorts,
Et ne sont pas moins noirs de l'ame que du corps.
Ne vous y fiez pas, leur amitié fardée
Sur leur propre interest d'ordinaire est fondée;
Et par l'espoir du gain foulant aux pieds leur foy,
Ils iront découurir vostre entreprise au Roy.

Alphonse.

Que feray-ie? il faut donc : mais quelle barbarie !

Fernand.

Comme en se promenant il entre en resuerie!
Et cherche en son esprit quelque effort genereux,
Pour retirer sa sœur d'vn pas si dangereux.

Alphonse.

Enfin, cher Confident, le Ciel mesme m'inspire
Vn moyen d'arriuer au bonheur où i'aspire,
Ie cours faire vn effort, pour obtenir du Roy
Que Clarice auiourdhuy ne parte point sans moy,
Que ie sois du voyage, & soûpire auec elle

Iusqu'à tant qu'elle arriue où son malheur l'appelle;
Peut-estre par mes pleurs le pourray-je gaigner;
De son consentement j'iray t'accompagner,
Et si ton bras alors vaillamment me seconde,
I'espere de sauuer tout ce que j'aime au monde.

Fernand.

Hé comment !

Alphonse.

Les Forçats de ce vaisseau fatal,
Où se doit embarquer tout mon bien & mon mal,
Sont presque tous Chrestiens, sont de Sicile mesme,
Ils presteront l'oreille à nostre stratagéme;
Et nous n'en aurons pas destaché quelques-vns,
Qu'ils feront auec nous des efforts non communs.
Ouy, leurs chaines, Fernand, ne seront pas couppées,
Que nous voyant tirer nos trenchantes espées,
A terrasser leurs Chefs ils nous seconderont,
Et de leurs propres fers ils les assommeront :
Apres, nous aurons peu de cœur & d'industrie,
Si nous n'allons reuoir nostre chere patrie;
Ce moyen est estrange, & te semble d'abord
Venir d'vn insensé qui mesprise la mort.
Mais n'est-ce pas ainsi qu'il faut que j'y procede?
Il ne reste à mes maux que ce sanglant remede.

Fernand.

Fernand.

Mais.

Alphonse.

Ha! ne me dis rien.

Fernand.

Nous y demeurerons,
Il y faudra mourir.

Alphonse.

Hé bien, nous y mourrons.

Fin du Second Acte.

F

Acte troisiéme.

Scene premiere.

Le Roy.   La Reyne.

La Reyne.

Ouy, se disant adieu tous deux versoient des larmes,
Qui de la rigueur mesme arracheroient les armes:
J'ay senty tous les traits dont ils estoient blessez;
J'ay meslé quelques pleurs à ceux qu'ils ont versez;
Et d'vn cuisant regret je sens mon ame atteinte
De n'auoir pù finir le sujet de leur plainte,
Ny dans vostre pitié sceu rencontrer de quoy
M'acquitter dignement de ce que je leur doy.

Le Roy.

Hé! que leur deuez-vous?

La Reyne.

Leur dois-je pas mon frere?

Alphonse pouuoit perdre vne teste si chere;
Et l'ayant en ses mains, il n'a tenu qu'à luy
De me donner sujet d'vn eternel ennuy.

Le Roy.

Ie sçay qu'à la premiere & sanglante sortie,
Qu'il fit hors des rempars de sa ville inuestie,
Vostre Frere auec luy disputant le laurier,
Tomba soubs les efforts de ce fameux Guerrier,
Qui respectant en luy mon royal Diadesme,
Au lieu de l'acheuer le releua luy-mesme ;
Qu'à le faire guerir ses soins il employa,
Et qu'apres sans rançon il nous le renuoya ;
Mais dés que ma valeur justement animée,
M'eut fait dans cette ville entrer à main armée,
Ce que vous luy deuiez luy fut-il pas rendu?
Ne le sauuay je pas? n'estoit-il pas perdu,
Si voyant tout son corps n'estre qu'vne blessure,
Ie n'eusse fait agir & l'Art & la Nature?
Il a par vn excés de generosité,
A ce jeune Heros rendu la liberté,
La sienne estoit aux fers, ie l'en ay dégagée;
De quoy luy pouuez-vous estre encore obligée?
Mais le voicy luy-mesme; ô Dieu qu'il est changé!
Se verra t'il jamais esprit plus affligé?

Scene deuxiéme.

Le Roy. La Reyne. Alphonse. Fernand.

Alphonse.

Grand Roy, puisque mes vœux, mes soûpirs, & mes larmes
Pour obtenir ma Sœur sont de trop foibles armes,
Et que vostre dessein, qui me tient lieu de loy,
Est qu'eternellement on l'esloigne de moy,
Ne me refusez pas le funeste aduantage,
qu'au moins je l'accompagne en ce triste voyage,
A fin de la remettre, & de la consoler,
D'vn malheur, dont ses pleurs ne cessent de parler.

Le Roy.

A quoy vous seruiroit de partir auec Elle,
qu'à rendre sa douleur encore plus cruelle?
Laissez-la donc aller où la Gloire l'attend,
Et luy disant adieu, monstrez vous plus constant.
Elle ne peut pretendre à plus haute fortune,
Et la vostre bien tost ne sera pas commune :
Je vous ayme, & des fruicts de mon affection

Vous ferez vn remede à vostre affliction.

Alphonse.

Rendez-vous le vainqueur de la terre & de l'onde,
Et me donnez, grand Roy, tous les tresors du monde;
Auec tout ce qu'il a de gloire & de douceur,
Vous ne me donnez rien, si vous m'ostez ma Sœur.

Le Roy.

Contez-vous donc pour rien le don de la franchise?

Alphonse.

Pour elle quelques-fois les Sceptres on mesprise,
Et telle est sa valeur que les plus grands esprits
Ont fait voir que la vie estoit de moindre prix;
J'ay long-temps contre vous la mienne deffenduë,
Et t'estimant beaucoup ie t'ay beaucoup venduë;
Mais vous m'auez rendu ce tresor precieux,
Sans qui tous les plaisirs nous semblent ennuyeux;
Et mon cœur n'auroit pas vn seul souhait à faire,
Si celle de ma Sœur n'estoit plus tributaire.
Mais pensez-vous m'oster tout entier des liens,
Si vos bontez, grand Roy, ne rompent tous les siens?
Vous y laissez de moy la meilleure partie,
Mon cœur n'en peut sortir qu'elle n'en soit sortie;
Et ne voulant ainsi me guerir qu'à moitié
Qu'est-ce prendre de moy qu'vne foible pitié?

46   *La belle Esclaue,*

Vous couppez seulement vn des bouts de ma chaisne,
Vous soulagez le corps, laissant l'ame à la gesne;
Et cét heureux malheur fait qu'vn pied sur le bord,
Et l'autre dans la mer, je finiray mon sort.

Le Roy.

A quelques sentimens que la Nature oblige,
Se peut-il qu'vne sœur jusques là vous afflige?
Quels transports sont pareils à ceux où je vous voy?
Puis-je auec liberté dire ce que i'en croy?
Rien ne ressemble mieux à l'amour qui nous presse,
Pour les diuins appas d'vne jeune Maistresse,
Que l'ardente amitié qu'Alphonse a pour sa sœur.

Alphonse.

He! bien, Sire, il est vray, je vous ouure mon cœur,
Ma Maistresse est Clarice, & Clarice est trop belle,
Pour ne confesser pas que je brusle pour elle;
Et que depuis cinq ans mes vœux & mes trauaux
Disputent sa conqueste à cent fameux Riuaux;
L'amour ayant enfin conclu nostre Hymenée,
Alloit en celebrer l'agreable journée,
Et nous joindre elle & moy de ce lien si fort,
Qu'il ne se rompt jamais, si ce n'est par la mort;
Ce n'estoient plus que jeux, que musique & que danse:
Mais, ô foibles projets de l'humaine prudence!

La Guerre est arriuée, & l'orage a destruit,
Ce qu'vn Printemps de fleurs nous promettoit de fruit.
Voyant doncque Megare à deux doits de sa perte,
Déja par le canon en mille endroits ouuerte,
Nous conuinsmes tous deux de nous nommer ainsi,
Afin que si le Sort nous conduisoit icy,
Nous pùssions nous parler auec plus de franchise,
Si quelque liberté nous en estoit permise.
De plus, nous auons crû que vostre Majesté
La traitteroit peut-estre auec indignité,
Si ces noms supposez & de sœur & de frere
Ne vous cachoient qu'Alcandre auoit esté son pere.
Alcandre qui iamais n'eut d'esprit ny de mains,
Que pour les employer contre les Africains;
Mais puisque c'en est fait, & qu'il faut qu'à cette heure
La Tombe ou le Serrail luy serue de demeure,
Ie vous dy de quel lieu cette Merueille sort,
A dessein de sauuer son honneur par sa mort.
Vangez-vous, vangez-vous du Pere sur la fille,
Et par elle acheuez de perdre la Famille.

Le Roy.

Il est vray que ce Prince a porté sans raison,
Vne mortelle hayne à toute ma maison;
Mais quand si fierement vn si grand chef-d'armée
S'en vint pour secourir vostre Ville affamée,

Par moy-mesme ses jours se virent terminer,
Et je veux à sa mort ma vangeance borner;
Sa fille est innocente, il estoit seul coupable,
Et ne m'auroit pas fait vne grace semblable.
Mais me laissant tromper aux clartez d'vn faux iour,
Comment pour l'amitié prenois-je ainsi l'amour?

La Reyne.

Ha! Seigneur, à ce coup est-il quelque justice,
qui puisse separer Alphonse de Clarice?
Si les liens du sang sont par tout reuerez,
Les liens de l'amour doiuent estre adorez.
C'est par eux que le Ciel s'vnit auec la terre,
Qui les rompt sans subjet doit craindre le tonnerre.
Mais le tonnerre encor est doux pour des rigueurs,
Qui separent deux corps dont l'amour joint les cœurs.

Le Roy.

Je n'en mentiray point, je plains leur aduanture,
Et j'offense à regret vne flame si pure;
Je respecte l'amour, & leur des-vnion
Passe pour barbarie en mon opinion;
Cependant c'en est fait, me pourrois-je desdire,
De donner au Sultan, dont je tiens mon Empire,
Cette Beauté parfaite & de corps & d'esprit,
Quand je m'y suis moy-mesme engagé par escrit?

La

La Reyne.

Mais auez-vous enclos son portrait dans la lettre?
En liberté, Seigneur, vous pouuez la remettre.
Il ne la connoist point, & quelqu'autre Beauté
Pourra vous rendre quitte enuers sa Majesté.
Mais n'est-ce point trop peu que d'vne seule Esclaue,
Pour les jeunes desirs d'vn Monarque si braue?
Faites, faites, Seigneur, quelque chose auiourd'huy,
Qui soit ensemble digne, & de vous, & de luy:
Remplissez son Serrail de toutes vos Captiues;
Leur teint est éclatant des couleurs les plus viues,
Il n'est rien de si rare, il n'est rien de si beau,
Et ce don parestra magnifique & nouueau.
Mais mandez luy qu'au lieu d'vne de ces Merueilles,
Qui brillent à l'enuy de lumieres pareilles,
Vous luy faites present de toutes à la fois,
Ayant eu quelque peur de vous tromper au choix.

Le Roy.

Mais.

La Reyne.

Quoy, sur ce sujet vostre esprit delibere?
Luy donnerez-vous pas beaucoup plus qu'il n'espere?
                                        G

 # La belle Esclaue,

Alphonse.

Grand Roy, suiuez l'aduis d'vne Diuinité.

La Reyne.

Ha! ie voy bien qu'Alphonse émeut vostre bonté ;
Vos yeux sont à parler plus prompts que vostre bouche,
Et me disent déja que sa douleur vous touche :
Mais, pouuez-vous, Seigneur, si vrayment vous m'aimez.
Estre de glace au feu dont ils sont allumez ?
Et rompre sans pitié ces beaux liens de flames,
Qui sont si doucement l'vnion de leurs ames ?
Ha! vous n'eustes iamais sentiment amoureux,
Si d'vn amour si saint vous violez les nœux.
On y doit moins toucher qu'à ceux des Hymenées,
Que forme dans le Ciel la main des Destinées ;
Accordez donc leur grace à mes iustes souhaits,
Et mon frere verra tous les siens satisfaits :
Il n'a iamais en vain vos bontez reclamées ;
Et s'il n'estoit encor à reuoir vos Armées,
Il s'en viendroit pour eux vous prier à genous
Par ce sang qu'à Megare il a versé pour vous.
Alphonse t'a comblé de faueurs sans mesure ;
Vous les pouuez pourtant payer auec vsure.

Le Roy.

Vous me rendez confus, vos charmes, vos raisons
Peuuent seruir de clefs à toutes les prisons ;
Vous le voulez, Madame, hé bien, ie la deliure.

Alphonse.

Elle est morte, autant vaut, vous la ferez reuiure ;
Mais ie cours, ou plustost ie vole t'auertir
Que d'vn si grand peril vous t'auez fait sortir.

La Reyne.

Ie crains dans le bon-heur que le Ciel vous enuoye,
Qu'en la voyant trop tost vous ne mouriez de ioye ;
Moderez donc vn peu ces violens desirs,
Pour reuoir sans danger l'objet de vos plaisirs ;
quelqu'autre t'instruira de tout ce qui se passe,
Et cependant au Roy vous pourrez rendre grace. *La Rei-*
ne sort.

Alphonse.

Déja de tant de biens vous m'auez sceu combler,
Que ce dernier tout seul suffit pour m'accabler ;
Mais ayant soûtenu le siege de Megare,
Me pouuois-je promettre vne faueur si rare ?
Me recompensez-vous au lieu de me punir,
De quoy vingt mois entiers i'ay bien osé tenir ?

G ii

Et se peut-il enfin qu'vn effort temeraire
Attire vostre estime, & non vostre colere?
Ce miracle m'estonne, & la Posterité
Le tiendra quelque jour pour vn conte inuenté.
qui ne sçait cependant qu'à grands coups de tonnerre
Ayant jetté nos murs & nos peuples par terre,
Vous auez fait chercher en ces lieux pleins d'horreur,
Où m'auoit emporté ce torrent de fureur,
Et que m'ayant treuué tout sanglant sur la poudre,
Tout noir & tout brisé de cent éclats de foudre,
Couché parmy les morts, froid & défiguré,
Par vos soins genereux on m'en a retiré;
Et qu'abaissant pour moy vostre grandeur suprême,
Vous auez bien daigné me visiter vous-mesme;
Et me donner des pleurs, qui sembloient reseruez
A ceux dont mon espée a les jours acheuez;
qui donc vous fut jamais plus que moy redeuable?
Seray-je pas contraint de mourir insoluable?
Certes, quoy que ie face, il est visible à tous,
Que rien ne peut iamais m'acquitter enuers vous.

Le Roy.

Alphonse en me loüant m'apprend bien que la gloire
Est le fruit le plus doux qu'apporte la Victoire;
Ce qui m'a fait pourtant si puissamment armer,
N'est point vn vain desir de me faire estimer,

D'agrandir ma fortune, & la voir enrichie
Par le fameux débris de quelque Monarchie ;
Je suis l'Ambition, ce monstre factieux,
qui, s'il auoit la Terre, écheleroit les Cieux,
qui ne sçauroit souffrir, ny Compagnon, ny Maistre,
Qui jamais ne vieillit, & ne cesse de crestre ;
Aussi ne m'a-t'on veu sur la terre & les eaux
Mettre vn nombre infiny d'hommes & de vaisseaux,
Que pour tirer raison de vostre injuste Prince,
Qui nouueau Conquerant enuahit ma Prouince ;
Et m'a déja surpris des villes & des forts,
Où sa main a couuert la campagne de morts.
Il n'est rien de pareil aux peines qu'il se donne,
A dessein d'entasser couronne sur couronne ;
Mais je treuue la mienne assez lourde à porter,
Sans y vouloir encor des brillans adiouster ;
Et si i'ay mis à sac sa Ville capitale,
C'est afin qu'à l'affront la vengeance s'égale,
Et que nous le forçions d'esteindre le flambeau,
Dont la guerre conduit nos peuples au tombeau.
Vn Sceptre sans la Paix vaut moins qu'vne houlette ;
Elle est l'vnique bien qu'au monde ie souhaitte ;
Mais qui vous iette, Alphonse, au trouble où ie vous voy.

Alphonse.

Je frissonne de crainte, & ie ne sçay pourquoy ;

G iii

Mais que le juste Ciel rende vain le presage,
Qui fait trembler mon cœur, & pastir mon visage.
Haly tout effrayé vers vous dresse ses pas.
Qu'a-t'il fait de Clarice? il ne l'ameine pas.

Scene troisiéme.

Le Roy. Alphonse. Haly. Fernand.

Haly.

Sire, je suis coupable, & j'apporte ma teste ;
Au supplice mortel la voicy toute preste.
Clarice estoit vn bien qu'il falloit conseruer ;
Mais pouuois-je preuoir ce qui vient d'arriuer?

Alphonse.

Dieu! je tremble d'effroy.

Haly.

                    Furieuse, insensée,
D'vne haute fenestre elle s'est eslancée
Au milieu d'vn abysme, où la rage des flots,

Tragicomedie.

Abboyant aux rochers fait peur aux Matelots,
Et ce mot de sa main vous rendra manifeste
La cause d'vne mort si prompte & si funeste.

Alphonse.

Helas!

Le Roy.

Vostre malheur ne peut estre assez plaint;
Mais lisons ce billet, où son sort est depeint.

Mille troubles me font la guerre,
Et ie me iette dans les flots,
Afin d'y treuuer le repos,
Qu'en vain ie cherche sur la terre;
La crainte d'estre au grand Seigneur,
A mourir ainsi me conuie;
Ie tiens la perte de la vie
Moindre que celle de l'honneur.

Alphonse.

Ha! ie m'en doutois bien qu'elle auroit le courage
D'éuiter par la mort vn infame seruage;
Voila son escriture, il n'en faut plus douter.

Le Roy

Dans vn trouble si grand deuiez-vous la quitter?
Vous l'auiez en vos mains, treuuez-la morte ou viue;
Mais je crains que bien tost Alphonse ne la suiue.
Fernand prenez-en soin, il est au desespoir,
Et dans ce triste estat ie ne sçaurois le voir.

❧ Scene quatriesme. ❧

Alphonse.   Fernand.

Alphonse.

Elle a donc de ses jours terminé la carriere,
Et les flots ont esteint mon vnique lumiere:
J'auois pour la sauuer fait vn heureux effort,
Et cette jnfortunée a fait naufrage au port?
Dois-je viure vn moment apres cette auanture?
Allons où tost ou tard nous conduit la Nature,
Et rendons luy ce corps qu'elle nous a donné,
Ce corps qui porte vn cœur à tous maux destiné.

Fernand.

Armez-vous de constance.

Alphonse.

Alphonse.

Ha! conseil qui me tuë,
A quoy sert de s'armer, quand la playe est receuë?

Fernand.

Quiconque est animé d'vne haute vertu,
Se releue aussi-tost qu'il se treuue abbatu;
Fait force à la Nature, & d'vn courage extréme,
Sçait vaincre son vainqueur, s'estant vaincu soy-méme.

Alphonse.

Aussi me veux-je vaincre, en me faisant mourir.

Fernand.

Quoy, pour aller au port au naufrage courir?
Pleurez, si ce remede à vos maux est vtile,
Mais espargnez des jours si chers à la Sicile.

Alphonse.

Crois-tu donc que ie sois de ces lasches Amans,
Qui font ouyr par tout de vains gemissemens;
Et n'osant par la mort terminer leurs tristesses,
La honte sur le front surviuent leurs Maistresses?
La mienne a bien monstré par ce coup genereux,
Quel chemin meine au port les Amans malheureux.

H

J'iray la retreuuer, moy qui suis de ce nombre,
Et joindray pour iamais mon ombre auec son ombre.

Fernand.

Faire contre vous-mesme vn effort inhumain !
Mourez, s'il faut mourir, mais non de vostre main ;
Imitez vostre Pere, & comme ce grand Prince,
qui versa tant de fois son sang pour la Prouince ;
Mourez sur vne bréche, & qu'vn coup de canon
Face voler au Ciel vostre ame, & vostre nom.

Alphonse.

Pleust au Ciel que mon nom fust encore à connestre,
Que jamais aux combats on ne m'eust veu parestre,
Et que le desespoir, qui va borner mes jours,
N'eust pas si tost des siens precipité le cours.
Encore si sa mort eût esté naturelle,
Les exemples rendroient ma douleur moins cruelle.
Les objets les plus beaux ont le plus court destin,
Et nous voyons des fleurs ne durer qu'vn matin :
Mais elle a preuenu le coup des Destinées,
Esteignant le beau feu de ses jeunes années,
Et donnant aux poissons vn corps à deuorer,
Que sans idolatrie on pouuoit adorer.

Fernand.

Cette belle Insensée a mis fin à sa vie.

Ignorant le bon-heur dont elle estoit suiuie.

Alphonse.

O tragique ignorance ! & qui fait qu'au moment
Qu'on la tire des fers, elle entre au monument :
Mais, c'est trop, malheureux, demeurer dans le monde ;
Va donc la retreuuer aux abysmes de l'onde,
Et fais par ton trespas ton amour éclater.

Fernand.

Suiuons-le promptement, il pourroit s'y jetter.

Fin du troisiesme Acte.

❖ *Acte quatriéme.* ❖

❖ *Scene premiere.* ❖

Alphonse.   Fernand.

Fernand.

Où dois-je encore aller? prenons vn peu d'haleine,
Mon cœur tout halletant ne respire qu'à peine ;
Mais-je pense qu'aussi ce bois n'a point de lieux,
Où ne se soient portez, ou mes pieds, ou mes yeux ;
C'est fait d'vn si grand Prince, vne rage jnsensée
De ses mal-heureux jours a la fin aduancée ;
La douleur l'a vaincu, les Destins ont permis
Qu'elle seule ait plus fait que tous ses ennemis.
Mais le Ciel qui prend soin des vertus de la terre,
L'a-t'il donc garanty des fureurs de la guerre,
De tant d'hommes armez & de flame & de fer,
Pour le donner en proye aux monstres de la mer?
Il n'est plus sur la terre, vne mesme tourmente

A jetté dans les flots & l'Amant & l'Amante:
O perte que mes yeux ne sçauroient trop pleurer!
Et que jamais aussi je ne puis reparer.
Mais que vois-je, hé! mō Prince est-ce vous ou vostre ombre?
N'auez-vous point des morts accreu le triste nombre,
Et suiuy dans les flots ce qui vous fut si cher?

Alphonse.

Ce n'est plus dans les flots que je la doy chercher,
Cette Beauté naissante est encor sur la terre,
Et qui me la retient est digne du tonnerre;
Mais sçache que le Ciel de tant d'Astres ne luit,
Que pour mieux esclairer les crimes de la nuit;
Et que ceux de Haly, couuerts de tant de voiles,
Viennent de m'apparoistre aux clartez des Estoilles?
Ouy, ces feux eternels m'ont retiré d'erreur,
Et remply tous mes sens de merueille & d'horreur;
Mais doit-on s'estonner de sa noire pratique?
Il se voit tous les jours des Monstres en Affrique.

Fernand.

Haly retient Clarice, Haly trompe son Roy,
Vole vn dépost illustre, & commis à sa foy!

Alphonse.

Cét Astre de mon cœur roule encor sa carriere,

Et j'en viens d'entrevoir la brillante lumiere ;
Ne me demande point en quel lieu, ny comment ;
A peine ay-je loisir de parler vn moment.
La Reyne est à sçauoir cette estrange imposture,
Et je cours luy conter quelle est mon auanture :
Mais vois-je pas le Traistre ? il faut.

Fernand.

Tout beau, Seigneur,
Mesnagez prudemment vn si rare bonheur :
Suiuez vostre dessein.

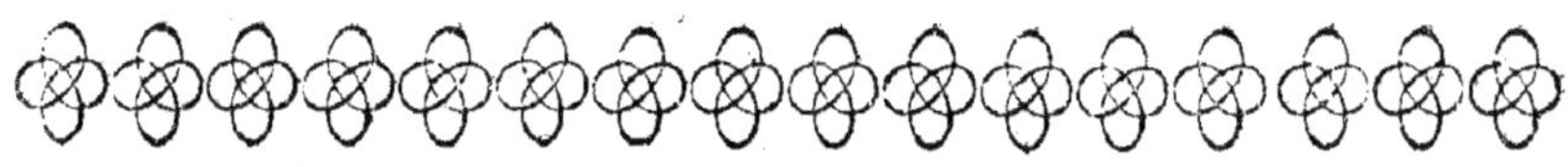

❀ Scene deuxiéme. ❀

Haly. Selim.

Haly.

D'où vient donc sa furie ?
Est-ce à moy qu'il en veut ? sçait-il ma tromperie ?
Pour en tirer raison vouloit-il m'aborder ?
Je ne sçay là dessus que me persuader.
Mais, ô nouuel objet qui redouble ma peine !
Selim, mon cher Selim, qui si tost te rameine ?

qui te rend si tremblant, & te trouble si fort
Tu sembles interdit, & presque à demy mort.
Sommes-nous découuerts?

Selim.

Ha! j'en ay quelque doute:
Mais gardons qu'en ce lieu quelqu'vn ne nous écoute.

Haly.

Qui peut m'auoir trahy? nul ne sçait mon amour.

Selim.

Les Astres de la nuict ont mis le crime au jour.

Haly,

Ce discours est obscur, & j'en attens la suitte;
Mais Clarice en lieu seur n'est-elle pas conduitte?

Selim.

Non.

Haly.

Commandes-tu pas à ces petits vaisseaux,
qui sont prests à toute heurë à voguer sur les eaux?
Tu pouuois bien commettre à la foy de Neptune,
La Beauté dont dépend ma vie, & ma fortune.

Selim.

De vostre appartement vous n'estiez pas sorty,
Que j'en suis en cachete auec elle party;
Mais par quelques sentiers connûs de peu de monde,
Comme ie la menois pour l'embarquer sur l'onde,
J'ay de loin entreveu parmy l'obscurité
Le port noircy de peuple, & brillant de clarté;
Differens sons de voix ont frappé mon ouye,
L'éclat de cent flambeaux a ma veüe éblouye;
Et la peur de me voir surpris & reconnû,
De passer plus auant m'a soudain retenu;
J'ay ramené Clarice.

Haly.

Ainsi ce grand courage,
Qui n'aime que le sang, le meurtre, & le carnage,
Et n'a pour me seruir jamais rien redouté,
A rebroussé chemin, & s'est épouuanté;
Mais nos sens sont trompeurs, & peut-estre la crainte,
Qui souuent pour l'effet nous fait prendre la feinte,
T'a deceu, cher Selim, en cette occasion.

Selim.

Non, non, ce que i'ay veu n'est point illusion,
Non, c'estoit tout vn peuple accouru sur la riue.

Pour

Pour y chercher le corps de la belle Captiue.

Haly.

O fascheuse recherche! ô comble de malheur!
Ie mourray de deux morts, de crainte, & de douleur.

Selim.

Ce n'est pas encor tout; mais ie crains de vous dire
Vn second accident, qui me semble bien pire.

Haly.

A m'ouurir le tombeau n'as-tu pas commencé?
Acheue ton ouurage, il est bien auancé.

Selim.

D'vn pied mal asseuré reuenant auec elle,
Et tremblant à tous coups d'vne crainte mortelle,
I'ay passé par des lieux où ie ne pense pas
Qu'on imprime iamais la trace d'aucun pas;
Cependant ie ne sçay par quel coup de fortune,
I'ay veu de loin Alphonse aux clartez de la Lune,
Qui faisant à longs traits les ombres retirer,
S'est leuée à l'instant comme pour m'éclairer.

Haly.

Ne te trompes-tu point?

Selim.

Non, c'estoit luy sans doute.
Il couroit où iamais ne fut chemin ny route,
Il passoit où iamais personne n'a passé,
Et dans le bois enfin marchoit en insensé :
Mais estant déja prés de la porte secrete,
I'ay fait auec prudence vne prompte retraite.

Haly.

L'a-t'il veüe auec toy?

Selim.

Ie n'en puis rien sçauoir ;
Mais l'Amour, quoy qu'on die, a des yeux à tout voir.

Haly.

Ha! sans doute il l'a veüe, & transporté de rage,
Tantost sans vn des siens il m'eut fait quelque outrage ;
Pour s'oster de ses mains il a fait vn effort,
Et ses yeux m'ont parlé de vengeance & de mort.
Ha! malheureuse veüe; ha! fatale aduanture ;
Mais courons droit au Roy confesser l'imposture,
Nous n'y sçaurions aller d'vn pied trop diligent,
Il est juste, il est vray, mais il est indulgent.

Selim.

O! que pour vn grand cœur ce mouuement est lasche.
Hé quoy donc, de vous perdre auez-vous pris à tasche?
quoy, vous-mesme exposer vostre artifice au iour?
Pour qui passerez-vous apres ce lasche tour?
Pour vn homme imprudent, foible, simple, infidelle,
A qui la moindre peur renuerse la ceruelle;
Et qui, loin de cacher sa honte auecque soin,
Luy-mesme contre luy va seruir de tesmoin.
Qui iamais est venu reueler son offense?
Doit-on pas la nier? en prendre la defense?
Qui confesse la sienne a peu de iugement,
Faillir & s'accuser, c'est pecher doublement.
Certes trahir son Maistre est aux Loix faire iniure,
Mais se trahir soy-mesme est blesser la Nature;
Non, non, il faut porter la ruse iusqu'au bout.

Haly.

Pour suiure tes conseils i'executeray tout:
Mais, si chez moy Clarice est encore cachée,
Doutes-tu que bien-tost elle n'y soit cherchée?
Il me semble déja d'y voir comme vn torrent,
Vne foule de peuple entrer en murmurant;
Et s'il faut qu'vne fois on découure la ruse,
L'excés de mon amour n'en sera pas l'excuse.

I ij

Selim.

Faisons donc sous l'effort d'vne mortelle main
Tomber plustost Clarice aujourdhuy que demain;
Et pour cacher à tous ce meurtre profitable,
Changeons secretement en Histoire la Fable;
Iettons la dans la mer.

Haly.

   Quoy, la faire mourir?

Selim.

Vous pouuez vous sauuer, sans la faire perir?
Toute l'eau que la mer enferme en son abysme,
Ne pourroit pas suffire à lauer vostre crime.
A la vie à l'honneur preferez-vous l'amour?

Haly.

Non, mais ie t'ayme trop pour la priuer du jour;
Depuis que j'ay le soin d'vne chose si belle,
Mes yeux incessamment sont attachez sur elle :
Ie t'ayme, ie l'adore, & tu veux cependant
La tüer, ou plustost me perdre en la perdant.

Selim.

De qui ne sera point vostre amour condamnée?

Si tost que dans ces lieux vos soins t'ont amenée,
N'auez-vous pas apris que ses attraits charmans
L'auoient fait destiner au Roy des Ottomans?
A l'instant vostre feu deuoit deuenir glace,
Et l'amour au respect abandonner la place.
Vous n'auez pas pourtant laissé de l'adorer,
De nourrir vn serpent qui vous va deuorer;
Et d'oser feindre encor vne mort effroyable,
Pour faire vn vol secret de ce Monstre agreable:
Mais puis qu'vn accident qu'on ne pouuoit preuoir
A découuert la ruse, & trahy vostre espoir,
Sa mort à vostre vie est vn mal necessaire,
Et sans plus consulter il vous en faut desfaire.
Je deplore son sort, que ie m'en vay finir;
Mais il faut jetter bas ce qu'on ne peut tenir;
Causer la mort d'autruy, pour éuiter la nostre,
Et faire vn crime enfin pour en cacher vn autre,
J'immoleray sa vie à nostre seureté;
Cependant de ce pas voyez sa Majesté,
Sans qu'espoir de pardon, ny crainte de supplice,
Vous facent confesser vn si grand artifice.
Pour feindre, n'espargnez ny sermens ny sanglots;
Et treuuez s'il se peut des larmes à propos.
Qui dissimule bien n'a pas peu de science,
Et rien n'est plus semblable à la mesme Innocence,
Qu'est semblable le Crime estant bien déguisé.

I iij

Mais je cours accomplir le dessein proposé,
Mettre fin à sa vie, & la jetter dans l'onde
Pour mieux cacher sa mort aux yeux de tout le monde.
Ainsi chez vous Alphonse en vain la cherchera,
Ainsi sans vous conuaincre il vous accusera,
Et passera par tout pour homme à resuerie.

Haly.

Puis-ie bien me resoudre à cette barbarie?
Cher Selim.

Selim.

Taisons-nous, le Roy s'en vient icy,
Je vous quitte.

❧ Scene troisiéme. ❧

De Roy. Alphonse. Haly. Fernand.

Haly.

O malheur! Alphonse arriue aussi,
Et je voy dans ses yeux mon crime, & mon suplice;
Feignons bien toutes fois.

Le Roy &
Alphonse
entrent sur
le Theatre
par deux
costez dif-
ferents.

Alphonse.

Sire, Sire, justice;
Clarice n'est point morte, & le traistre Haly
Tient ce jeune Soleil dans l'ombre enseuely.

Haly.

Moy!

Alphonse.

Vous.

Le Roy.

Seriez-vous homme à nous en faire accroire?
On debite souuent la Fable pour l'Histoire;
Et la langue a tüé force gens que je voy
Se porter aussi bien, & que vous, & que moy.
Est-elle morte enfin ailleurs qu'en vostre bouche?

Haly.

O Dieu! que ce discours sensiblement me touche.

Le Roy.

Faire de l'estonné par cent gestes diuers,
Se reculer ainsi, regarder de trauers,
Leuer les yeux au Ciel, ioindre les mains ensemble,
Jurer qu'à vostre foy nulle autre ne ressemble,

Et que nous auons tort de nous en défier,
Sont de foibles moyens pour vous iustifier.

Haly.

Les propos médisans, dont ma foy t'on outrage,
Au lieu de l'obscurcir, la font voir dauantage;
Et les ombres ainsi peintes dans vn tableau
En releuent l'éclat, & le rendent plus beau :
Mais de sa propre main sa mort mesme est signée.

Alphonse.

Elle n'a point pourtant finy sa destinée.

Le Roy.

Eclaircissez-nous donc quelles ombres, quels corps
Vous ont dit que le sien n'est point au rang des morts?

Alphonse.

La Lune en se leuant sur ce petit bois sombre,
M'a fait voir ce beau corps, qui passe pour vn ombre,
Et dont la feinte mort a bien eu le pouuoir
De me liurer aux mains d'vn affreux desespoir,
Croyant que dans les flots Clarice estoit perie,
J'y courois transporté d'vne aueugle furie;
Quand frappé tout à coup d'vn éclat nompareil,
J'ay veu durant la nuict éclairer mon Soleil;

O

O nouuelle auanture! ô rare descouuerte!
J'ay treuué mon salut, en courant à ma perte;
J'ay rencontré la vie, allant, chercher la mort,
Et le n'auffrage enfin m'a jetté dans le port.

Le Roy.

Vous auez veu Clarice?

Alphonse.

Ouy, Sire ie l'ay veuë,
A la taille, à l'habit ie l'ay bien recognuë,
Et i'ay pour la sauuer couru l'espée au poing;
Mais, helas! mon mal-heur m'en auoit mis trop loin.
D'vn homme seulement la Belle estoit conduite,
Je ne sçay s'il m'a veu, mais il a pris la fuitte;
Est rentré chez Haly par vn petit destour,
Et m'a fait éclipser ce jeune Astre d'Amour.
Que suis-je deuenu? la fureur qui m'emporte
M'en a voulu cent fois faire enfoncer la porte,
Pour lauer dans le sang l'énorme trahison,
Qui la retient aux fers d'vne estroite prison.
Mais, helas! tout à coup vne peur fremissante,
Qu'on allast à ce bruit esgorger l'Innocente,
Ou la faire éuader par quelque lieu secret,
D'enragé que j'estois m'a fait estre discret,

Le Roy.

Quelle histoire, bon Dieu, la Reine la sçait-elle?

Alphonse.

Ie viens de luy conter cette estrange nouuelle;
Et son commandement à vos pieds m'a porté,
Pour demander justice à vostre Majesté.
Mais quelle impatience en mes veines s'allume?
Le desir de la voir me bruste, & me consume;
Souffrez donc que des fers ie l'aille desgager,
Son honneur & ses jours chez luy courent danger:
Mais s'il faut pour s'y rendre employer vn quart-d'heure
Quel espoir gardera qu'en chemin je ne meure?

Le Roy.

Garde, suiuez Alphonse, allez y de ma part,
Et cherchez y par tout, auant qu'il soit plus tard;
Vous, Haly, demeurez.

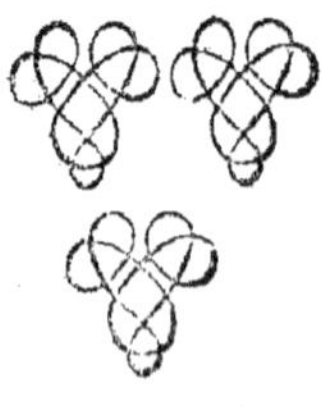

Scene quatriesme.

Le Roy.   Haly.

Haly.

      Que cét affront me pique!
Mais sur les visions de ce Melancolique,
Se desfier de moy? visiter ma maison,
Et me charger enfin de cette trahison?
Ha! ie suis tout couuert d'illustres cicatrices,
Où le fer & le plomb ont marqué mes seruices.
quoy, traitter de la sorte vn homme de mon rang,
qui tant de fois pour vous a respandu son sang?
A si fidelement agy dans vostre armée,
Et fait voler pour vous si loin la Renommée?
Ce traittement me tuë, & me témoigne assez,
Qu'on oublie aisément les seruices passez;
De ceux que j'ay rendus on ne tient plus de conte,
Et j'ay couuert d'honneur qui me couure de honte.
Mais pardon, je m'eschape, & la discretion
Ne peut plus retenir ma juste affliction;

K ii

Ie sçay bien cependant, quoy qu'vn Roy puisse faire,
Qu'vn subjet comme moy doit souffrir, & se taire.

Le Roy.

Quoy, vous me reprochez de m'auoir secondé,
Aux perils où cent fois ie me suis hazardé?
quand vous m'auriez gaigné des Prouinces entieres,
Défait mes ennemis, reculé mes frontieres,
Et par tout l'Vniuers fait ma gloire voler,
Auecque plus d'orgueil pourriez-vous me parler?
De mes palmes vos mains n'ont guere accru le nombre,
Et vous en recueillés & du fruit & de l'ombre;
A des charges d'esclat vous estes paruenu,
Si vous m'auez seruy, je vous ay recognû;
Et de vos actions cette recognoissance
Se doit nommer faueur, & non pas recompense.
Vn Subiet doit seruir de son bras, de son bien;
Il doit tout à son Roy, son Roy ne luy doit rien,
Et vous faites à tort dans vostre fantaisie
Passer vostre deuoir pour vne courtoisie.

Haly.

Doit-on pas recompense à qui fait son deuoir?
J'ay tousjours fait le mien, & vous l'auez pû voir.
Toutes mes actions enfin sont legitimes,
Et ce n'est que de nom que je cognoy les crimes;

Cependant on m'accuse, & vous me soupçonnez;
Mais j'en appelleray, si vous me condamnez.

Le Roy.

Vous en appellerez? Hé! dans quelle Prouince?
A qui peut vn Subjet appeller de son Prince?

Haly,

A Celuy qui des Roys iuge en dernier ressort;
Dieu cognoist de ma cause ou le droit ou le tort;
Je l'ay mise en ses mains, qui lancent le tonnerre;
Il l'oyt plaider au Ciel, il l'oyt plaider en terre;
Il est Iuge équitable, & j'espere aujourd'huy,
La perdant deuant vous, la gaigner deuant luy.

Le Roy.

Enfin si l'on vous croit, vne douleur amere
Fait qu'Alphonse n'est plus qu'vn Esprit à chimere,
qui voit ce qui n'est pas, & prend le plus souuent
Pour vn solide corps, vn corps d'air & de vent.

Haly.

Qui ne sçait le pouuoir de la melancolie,
Qui tient profondement son ame enseuelie?
quiconque comme luy s'en treuue trauaillé,
Parfois parle tout seul, réue tout esueillé,

Et selon les vapeurs qu'à la teste elle enuoye,
Il croit voir des objets de tristesse ou de joye.

De Roy.

Auroit-il veu Clarice en esprit seulement?

Haly.

Se peut-il que jamais il la voye autrement?

De Roy.

Si sans elle il reuient, à tort il vous accuse;
Mais s'il l'ameine aussi, vous n'auez point d'excuse:
Vostre sort est douteux, & bien-tost son retour
Vous doit rendre l'honneur, ou vous oster le iour.

Fin du quatriéme Acte.

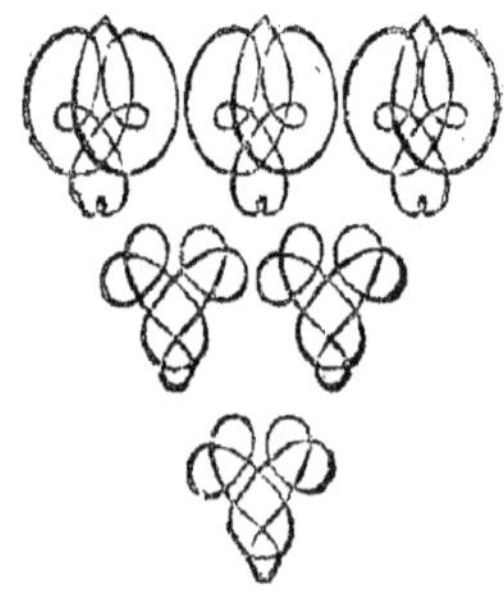

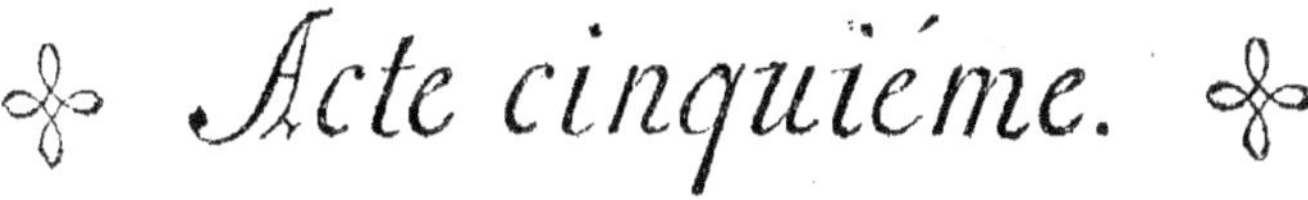

❧ Acte cinquiéme. ❧

❧ Scene premiere. ❧

Alphonse.   Fernand.

Alphonse.

Ha! ie t'y cherche en vain, on t'en a retirée,
Et ie la tiens déja morte ou des-honorée ;
Le Traistre ayant rauy ce qu'elle a de plus cher,
Sous le cousteau mortel la fera trébucher ;
O Ciel ! à ce penser ma crainte se redouble,
Et comme tout mon sang tout mon esprit se trouble ;
Ie fremis tout ensemble & de rage & d'horreur,
Ma patience cede, & se tourne en fureur ;
Mais à la recouurer deuois-je tant attendre ?
Où l'on trouue son bien, doit-on pas le reprendre ?
Dieu ! que n'ay-je suiuy mon premier mouuement ?
Que n'ay-je entré de force en son appartement ?

Et fait pour recouurer ce Miracle de charmes,
Couler autant de sang que je verse de larmes.
Me pouuoit-il jamais rien de pis aduenir,
Que de la perdre alors que je la croy tenir?
Aueugle Deïté, qui du monde disposes,
Fortune, qui te plais à changer toutes choses,
Et des plus doux plaisirs laissant vn goust amer,
As ton flus & reflus aussi bien que la mer;
Tu m'as osté Clarice, & tu me l'as rendüe,
Je la retreuue enfin, quand je la croy perdüe:
Mais l'ayant retreuuée, aussi-tost je la pers,
Et tombe en vn moment du Ciel dans les Enfers.

Fernand.

Tenez-vous de vos sens le rapport bien fidele?
Estoit-ce elle, Seigneur?

Alphonse.

                Comment, si c'estoit elle?
Ne connoistrois-je pas ce que j'aime le mieux,
Ce qui seul est la ioye & le iour de mes yeux?

Fernand.

Si tout œil est trompeur, vous fiez-vous au vostre?
Vous pourriez bien pour elle en auoir pris vne autre.

Alphonse.

Alphonse.

Prendre vne autre pour elle, à qui rien n'est pareil?
De tant d'Astres aucun n'est semblable au Soleil;
Ie l'ay veüe en effet, & non point en idée;
Et cette heureuse veüe a ma fin retardée:
Ne me traitte donc plus comme vn esprit blessé;
Et tiens-moy malheureux, mais non pas insensé.

Fernand.

A quel suiet Haly feindroit-il qu'elle est morte?
Ozeroit-il au Roy mentir de cette sorte?
Et s'il n'estoit fidéle, auroit-il cet honneur
De garder des Depostsvoüez au grand Seigneur?
De loger au Palais, d'en estre Capitaine?
A vous croire, Seigneur, ie n'ay pas peu de peine.
Mais qui donc l'a contrainte à signer de sa main,
Que l'honneur l'a portée à cét acte inhumain?
Si mourir dans les flots n'eut esté son enuie,
Plustost que de l'escrire elle eut perdu la vie,
Sçachant que ce billet vous venant de sa part,
Vous eust percé le sein de cent coups de poignard.

Alphonse.

Que pour moy ce billet est vn profond mystere!
Dans ce noir labyrinte aucun iour ne m'éclaire,

L

Ie ne voy point de fil pour nous en deliurer,
Et ce que j'ay perdu ne se peut recouurer.

Fernand.

Le Roy s'en vient icy.

Alphonse.

Que luy pourray-je dire?
Ie crains que deuant luy de honte je n'expire.

❖ Scene deuxiéme. ❖

Le Roy.　Alphonse.　Haly.　Fernand.

Le Roy.

Qui de vous deux enfin treuueray-je Imposteur?

Alphonse.

Celuy qui vous dit vray va passer pour menteur,
Et celuy qui vous ment sera creu veritable ;
Le coupable innocent, & l'innocent coupable :

Mais que mon dernier jour arriue à son couchant,
Si je n'ay veu Clarice entrer chez ce Meschant,
Et si cet Imposteur, cet Esprit de finesse,
Afin de t'en oster n'a fait vn coup d'adresse.

Haly.

Qui sur tous ces discours peut asseoir jugement?
Il est tantost son frere, & tantost son amant;
Il iure que chez moy je la tiens enchainée,
Il ne t'y treuue pas, je t'en ay destournée;
Ainsi diuers endroits la cachent à ses yeux,
Comme si mesme corps pouuoit estre en deux lieux.
Sire, sa calomnie enfin n'a plus de voile,
Elle esclatte à vos yeux, il est pris en sa toile.
Il croyoit me conuaincre, il m'a iustifié,
Et doit à mon honneur estre sacrifié.

Alphonse.

La verité, grand Roy, mal-aysement se treuue,
Mais au sort du combat remettez-en la preuue;
Et le Ciel n'estant pas moins juste que puissant,
Fera choir le Coupable aux pieds de l'Innocent.

Le Roy.

Dans le Champ des combats la Fortune preside,
Et se plaist à defendre vne action perfide;

La cause la meilleure en ce lieu peu nous sert,
La mauuaise s'y gaigne, & la bonne s'y perd.
Vn aueugle hazard y couronne le crime,
Vne iniuste victoire y paroist legitime;
Et la decision d'vn soupçon important,
Ne se doit pas remettre à ce sort inconstant.

Alphonse.

A quoy donc recourir, pour vous faire connestre
La Sourbe d'vn esprit si menteur & si traistre?
qui la rendra visible à vostre œil comme au mien,
Et me fera raison du voleur de mon bien?

Haly.

Ha! Sire, c'est trop dit, & cette calomnie
Ne doit pas vn moment demeurer impunie.
Mais vn sacré respect fait que je me contrains;
Les lieux où sont les Roys nous doiuent estre saints;
Et n'estoit que du mien le Palais m'est vn Temple,
Aux faux Accusateurs il seruiroit d'exemple.
Il blesse mon honneur de mots injurieux,
Et de melancolique il deuient furieux.
Mais suis-ie raisonnable alors que ie me pique
Des iniures qu'à tort me dit vn frenetique?
Ie me ris de le voir parler sans jugement,
Et souffrir sa folie est faire sagement.

Alphonse.

De quel trait ce discours a mon ame frapée!
Me traitter de la sorte? ha! Sire, mon espée,
N'estoit le seul respect de vostre Majesté,
Iroit iusqu'en son cœur chercher la verité,
Et pourroit la contraindre à sortir par sa bouche.

Le Roy.

Alphonse, je pardonne à l'ennuy qui vous touche,
Et qui par vn Phantosme ayant trompé vos sens,
Vous fait en Criminels traitter les Innocens.
On feint, ce dites-vous, le trespas de Clarice :
Et comme la douleur vous meine au precipice,
Le Ciel mesme, à pitié se laissant émouuoir,
Allume des flambeaux pour vous la faire voir.
Certes cét accident est purement celeste,
Et quiconque le croit a de la foy de reste.

Alphonse.

Celeste ou naturel, l'éclat de ces flambeaux
M'a fait voir qu'elle estoit ailleurs que dans les eaux.
Mais doutez-vous, grand Roy, de cette Prouidence,
Qui pour faire venir le crime en éuidence,
Attache quelquefois des lumieres aux Cieux,
Qui de l'aueugle mesme illuminent les yeux?

Haly.

Le Ciel vous a sauué d'vne estrange maniere,
Au poinct que vous couriez à vostre heure derniere ;
Mais pour vous secourir en cette extremité,
Dieu deuoit vn miracle à vostre pieté.

Alphonse.

Et plus d'vn coup de Foudre à vostre tromperie.
Mais la Reyne s'auance.

❧ Scene troisiéme. ❧

Le Roy.   La Reyne.   Alphonse.   Haly.

Le Roy.

Estrange réuerie !
Le croiriez-vous, Madame, à moins que de le voir,
Qu'vn Amant jusques-là se laissast deceuoir.

La Reyne.

Alphonse est-il muët?

Alphonse.

Hé! que puis-je respondre,
quand tout ce que ie dis ne sert qu'à me confondre,
Et que mille sanglots sortant tous à la fois,
Ferment comme à l'enuy le passage à ma voix.

Haly.

Au deffaut de sa voix, ses pleurs vous rendent conte,
D'vne recherche vaine, & qui tourne à sa honte.

La Reyne.

Mais où donc la treuuer? il n'est lieu dans les flots,
Que n'ait déja sondé le plomb des Matelots.

Haly.

Elle n'est point ailleurs, mais la chambre escartée,
D'où cette Mal-heureuse en la mer s'est jettée,
Respond sur vn abysme entouré de rochers,
Qui font paslir d'effroy les plus hardis Nochers;
Là l'aigu sifflement des vagues mugissantes,
Les fait prendre de loin pour des voix gemissantes;
Et d'énormes poissons de carnage affamés,

88   *La belle Esclaue,*

Engloutissent les corps qui s'y sont abysmez,
Quelque monstre marin peut l'auoir deuorée.

La Reyne.

Et vostre cœur aussi peut l'auoir desirée.
Mais pour la bien chercher en vostre appartement,
A-t'on où vous sçauez guidé ce jeune Amant?
Vous changez de couleur, la rougeur du visage
Est du trouble de l'ame vn brillant témoignage.
La treuueroit-il point, s'il y portoit ses pas?

Le Roy.

O Ciel! cét infidelle espris de ses appas,
L'auroit-il bien cachée en ces grottes secrettes,
qui sous ce grand Palais autresfois furent faites,
Pour y tenir aux fers ceux dont quelque attentat
Auoit osé troubler le calme de l'Estat?

Haly.

Moy, i'aurois, aueuglé d'amour illegitime,
Enfermé l'innocence en la prison du crime,
Confondu la lumiere auec l'obscurité,
Et caché sous la terre vn tresor de beauté?
Ha! si j'ay fait descendre en cette Grotte obscure
L'objet le plus brillant qu'ait produit la Nature,
Que moy-mesme enchainé de cent liens de fer

Ie

Je sois precipité dans ce nouuel Enfer;
Et si dans l'onde enfin elle n'a rendu l'ame,
Que je la puisse rendre au milieu de la Flame.

Le Roy.

Hé bien, vous l'y rendrez, si vous le meritez.

Haly.

Mon jnnocence est claire, & si vous en doutez.

La Reyne.

Connoissez vous Selim?

Haly.

Je le dois bien connestre ;
Je l'ay fait ce qu'il est, & suis encor son Maistre.

La Reyne.

Et si ce Seruiteur, si zelé, si discret,
N'ous auoit reuelé cét important secret?

Haly.

Quel secret?

La Reyne.

Que par vous l'innocente Captiue,
M

Dans cét Antre s'est veüe enterrer toute viue :
Mais s'il vous accusoit d'vn crime encor plus grand?

Haly.

De tout ce que j'ay fait ie t'appelle à garand ;
Il sçait mon jnnocence, & dans tout vostre Empire,
Nul ne sçait mieux que luy s'empescher de mesdire.

La Reyne.

C'est parler dignement d'vn homme qui vous perd.

Haly.

Luy, perdre vn Innocent!

La Reyne.

       Il a tout découuert,
Et monstré de quel fil est la sanglante toile,
Que vos mains ourdissoient, pour nous seruir de voile.

Haly.

A cét Enigme obscur quel sens faut-il donner?
Ie suis fort peu sçauant en l'art de deuiner.

La Reyne.

Mais vous l'estes beaucoup en celuy de mal-faire,
Et de dissimuler vn acte sanguinaire.

Emporté par la peur d'vn juste chastiment,
N'auez-vous pas, Cruel, consenty laschement,
Que Selim, ce Brutal, fist mourir cette Belle,
Dans ce Gouffre où preside vne nuict eternelle?
Il a sçeu, le Perfide, en secret y passer,
Et fume encor du sang qu'il y vient de verser.

Alphonse.

Le Ciel durant ce meurtre estoit-il sans tonnerre?
Mais cherchons l'Assassin au centre de la terre:
Il a d'vn bras sanglant pour jamais abbatu
Le Temple, où la Beauté seruoit à la Vertu.
Mais toy seul en es cause, & tu mourras Barbare.

La Reyne.

O Dieu! que faites-vous? vostre raison s'égare;
Oser tirer l'espée en presence du Roy!

Alphonse.

Ce Traistre oser encor parestre deuant moy!
Ha! si vos Majestez ne me rendent justice,
Je seray le bourreau des bourreaux de Clarice;
Quel Buzire en rigueur n'ont-ils point surpassé?
Tous deux fument encor du sang qu'ils ont versé,
Et ce sang est sorty des blesseures mortelles,
Dont ils ont tout couuert la merueille des belles;

M ij

Et ce sang est sorty de mon cœur, non du sien,
Puis qu'elle en auoit fait eschange auec le mien;
Mais soit elle en des lieux où se forme la peste,
Soit-elle en vn sejour encore plus funeste,
Soit-elle dans l'Enfer, si l'Enfer peut auoir
Vn Ange le plus beau que le Ciel face voir;
Ne me refusez point, souffrez que j'y descende,
Et des derniers deuoirs les honneurs ie luy rende;
Ie fermeray ses yeux, qui seuls luisoient aux miens,
Et faisoient d'vn regard ou mes maux ou mes biens;
Ie fermeray sa bouche à nulle autre semblable,
qui fut de mes destins l'Oracle veritable,
Et j'enseueliray d'vne tremblante main,
Ce corps, qui paroissoit plus celeste qu'humain.
Apres souffrez, grand Roy, qu'au tombeau ie la porte,
Et m'enterre tout vif aupres de cette morte:
Mais la Parque s'appreste à terminer mon sort,
Ie viuois en sa vie, & je meurs en sa mort.

Le Roy.

Sa mort sera vangée ; Ouy tu mourras perfide,
qui merites le nom de l'Amant homicide,
Pour auoir fait tüer l'objet de ton amour.

La Reyne.

Ie vous aurois plustost mis cette Histoire au jour,

N'estoit que mon esprit taschoit par artifice,
A forcer ce menteur d'auoüer sa malice:
Escoutez donc, Seigneur, vn tragique accident,
Qui du courroux celeste est vn signe éuident,
Capable d'effroyer cette aueugle impudence,
Qui nous dépeint là haut vn Dieu sans prouidence,
Vn Dieu qui des mortels ne daignant s'offenser,
Ne prend soin de punir, ny de recompenser,
Et qui les bras croisez laisse aux causes secondes
La conduite des Cieux, des terres, & des ondes.
Quand Alphonse tantost m'a dit sa vision,
Je l'ay prise d'abord pour vne illusion :
Mais de quelques transports qu'il eust l'ame comblée,
Voyant que sa raison n'en estoit point troublée,
Que Clarice estoit belle à pouuoir tout charmer,
Que Haly n'estoit pas incapable d'aymer,
Et que l'endroit du bois, où si tost à sa veüe
Ce Prince m'asseuroit qu'elle estoit disparuë,
Menoit soubs ce Palais dans cét antre escarté,
Quels soupçons n'ay-je pris de sa fidelité?
Certes il m'est d'abord tombé dans la pensée,
Que peut-estre d'amour la sienne estoit blessée;
Qu'il adoroit Clarice, & cachoit à nos yeux,
Dans ces lieux soûterrains vn chef d'œuure des Cieux:
Aussitost desirant d'esclaircir tous mes doutes,
J'ay fait à petit bruit par de secrettes routes,

H iij

Descendre là dedans quelques hommes armez,
Et d'autres qui tenoient des flambeaux allumez :
Mais comme aperceuant ce Miracle du monde,
Ils couroient pour l'oster de la Grotte profonde,
Selim s'approchoit d'elle, & sans vn prompt secours,
Ou la corde, ou le fer eût terminé ses jours.

Alphonse.

Quoy, n'est-elle pas morte? ò preuue nompareille
Que sur les Innocens l'Eternel toùjours veille :
Mais croiray-je vn miracle à moins que de le voir?

La Reyne.

A peine celuy-cy se peut-il conceuoir;
Il a voulu fuyr, en les voyant parestre ;
Mais au mesme moment ils ont saisi le traistre,
Qui craignant de mourir par la main d'vn bourreau,
Par la sienne est tombé sanglant sur le carreau ;
S'est laissé dans le corps la dague meurtriere,
S'est debatu long-temps, en mordant la poussiere,
A maudy son destin, injurié les Cieux,
Et ce grand Criminel est mort en furieux.

Le Roy.

Donc Celuy qui voit tout, & rend à tous justice,
A sauué la Vertu des embusches du Vice!

Donc le sang du Coupable a le fer arrosé,
Que contre l'Innocente il auoit aiguisé :
Vn Meschant, dont la rage à ce poinct est venuë,
Ne fait rien de meilleur qu'à l'heure qu'il se tuë :
Mais auant que mourir n'a-t'il rien confessé ?

La Reyne.

S'estant luy-mesme ainsi mortellement blessé ;
Je peris, à-t'il dit, mais Haly, mon cher Maistre,
Quelque belle à tes yeux que Clarice puisse estre,
Deuois-tu pas d'abord, te voyant découuert,
Immoler ton amour, perdant ce qui te perd ?
J'ay demeuré long-temps à pouuoir t'y resoudre,
Et cependant sur moy j'oyois gronder la foudre ;
Enfin elle est tombée, & ton retardement,
Comme à moy te prepare vn sanglant monument.
Là cessant de conter cette effroyable Histoire,
Que pour ces nouueautez on aura peine à croire,
Il a voulu tirer le poignard de son flanc,
Mais l'ame en est soudain sortie auec le sang.

Le Roy.

Se verra-t'il jamais d'auanture semblable ?

La Reyne.

Pensez-vous que Haly la tienne veritable ?

On ne luy peut sans crime aucun crime imposer.
Mais paroissez, Clarice, & venez l'accuser.

❖ Scene quatriesme. ❖

Le Roy.   La Reyne.   Alphonse.   Clarice.

Haly.   Fernand.

Alphonse.

O Ciel! c'est elle-mesme.

Haly.

Est-ce vn charme? est-ce vn songe?

La Reyne.

Estes-vous à ce coup conuaincu de mensonge?
Voyez-la de plus prés, la connoissez-vous bien?
Vous changez de visage, & ne respondez rien.

Le Roy.

Le Roy.

Le silence vaut mieux que tout ce que peut dire
Ce Fourbe, à qui l'Enfer ses mensonges inspire.

Haly.

Hé Sire!

Le Roy.

Qu'on le traisne au fonds d'vne prison,
Qui combatte d'horreur auec sa trahison;
Et que publiquement la main de la Iustice,
A son crime nouueau donne vn nouueau supplice : *On meine Haly en prison.*
Qui ne se vange point a le cœur abbatu,
Et qui pardonne au Vice offense la Vertu.

Clarice.

Roy le meilleur des Roys, la meilleure des Reynes
Vous a fait à la fin briser toutes mes chaines;
Et changer pour iamais mes douleurs en plaisirs,
Qui passent de bien loin l'espoir de mes desirs :
Mais si vostre bonté proche de la diuine,
Ne veut qu'à tant de fleurs il se mesle vne espine,
Sauuez qui ma sauuée, espargnez-le, ô grand Roy!
S'il est vray que sans luy ce seroit fait de moy.

N

Le Roy.

quel Dédale est-cecy! ses destours sont sans nombre,
Et la nuict où j'estois a redoublé son ombre:
Haly vous a sauuée!

Clarice.

Ouy Sire, il est ainsi,
Et bien tost sur ce point vous serez esclaircy.
A moy-mesme le Ciel m'ayant abandonnée,
Pour auoir murmuré contre ma destinée,
J'ay voulu, sans respect de la Foy que ie tiens,
En me precipitant rompre tous mes liens;
Mais comme ayant à force vne fenestre ouuerte,
Je m'allois eslancer à ma derniere perte;
Il m'en a retenuë, arriuant par bon-heur,
Au poinct que j'immolois ma vie à mon honneur.

Le Roy.

Pour perdre vostre honneur il sauuoit vostre vie,
Mais d'où vient ce billet? contentez mon enuie;
Vous l'a-t'il fait tracer cét infidelle Esprit?

Clarice.

Auant qu'il arriuast, ma main l'auoit écrit,
Pour le justifier d'vn trepas si funeste;

Le Roy.

O! de vostre bonté preuue trop manifeste!
Mais qu'il a bien par là caché sa trahison!
Qui n'eust dans cette coupe aualé le poison!

Alphonse.

Vn mensonge amoureux est faute bien legere,
Quoy que ie sois Amant, je me suis nommé Frere;
Et si tous les menteurs estoient punis de mort,
Il faudroit me resoudre à voir finir mon sort.

Le Roy.

Si je luy pardonnois, je serois peu sensible.

Alphonse.

Est-il crime d'amour qui ne soit remissible?

Le Roy.

Le sien meriteroit vn supplice eternel.

La Reyne.

N'estes-vous pas clement plus qu'il n'est criminel!
Vostre bonté, Seigneur, sa malice surpasse.

Le Roy.

Puisque les Offensés me demandent sa grace,

qu'il viue, & qu'à jamais ces deux jeunes Amans
Soient libres, & comblez de tous contentemens.

Clarice.

Quel bon-heur arriuant contre toute apparence,
Pouuoit de tant de biens me donner esperance?
O clemence adorable!

Alphonse.

O Prince genereux!
Qui de vostre vertu ne seroit amoureux?

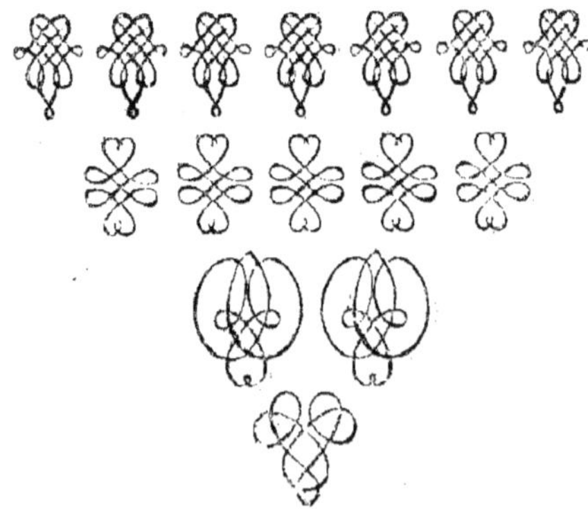

Fin du dernier Acte.

Extraict du priuilege du Roy.

Par grace & Priuilege de sa Ma. donné a Pauie
au Moys de Mars 1643. signé, Par le Roy en son
Conseil, Conuart, & scellé du grand Sceau de cire jaune,
Il est permis au sieur De L'Estoille & sé. Imprimer la
Tragicomedie nommée La belle Esclaue, par luy composée,
& en ce des nouueaux Caracteres jnuentez par P. Moreau,
Me. Escriuain Juré a Pauie, & Imprimeur ord.re du Roy,
& non d'autres, durant le temps de cinq ans, auec deffences
a tous Imprimeurs & Libraires de la contrefaire, ny
Imprimer en quelque sorte de Caractere qu'ce soit, à
peine de confiscation des Exemplaires, de six mil Liures
d'amende, & aut. peines y contenuë.
Duquel priuilege cy-dessus sedit S.r De L'Estoille a cedé
ses droicts auec Moreau, pour jcelle Imprimer, vendre &
distribuer à telles personnes que bon luy semblera.

Acheué d'Imprimer le dernier Octob.r 1643.

Les Exemplaires ont esté fournis.

www.ingramcontent.com/pod-product-compliance
Lightning Source LLC
LaVergne TN
LVHW020707200726
843508LV00002B/925